U0164272

黃桂林 著

口才自學新法

助你全面掌握說話技巧

匯智出版

責任編輯：羅國洪
封面設計：張錦良

口才自學新法

黃桂林　著

出　　版：匯智出版有限公司
　　　　　香港九龍尖沙咀赫德道2A首邦行8樓803室
　　　　　電話：2390 0605　　傳真：2142 3161
　　　　　網址：http://www.ip.com.hk

發　　行：聯合新零售 (香港) 有限公司
　　　　　香港新界荃灣德士古道220-248號荃灣工業中心16樓
　　　　　電話：2150 2100　　傳真：2407 3062

印　　刷：陽光 (彩美) 印刷有限公司

版　　次：2021年6月初版

國際書號：978-988-75442-0-3

自序

《口才自學法》一書在 1988 年初版後，一直都以這本書的內容，作為補充口才訓練班的培訓教材，從 1981 年開始設計人際口才訓練課程，至今曾參與的學生人數，保守估計超過十萬人以上，而《口才自學法》也是暢銷書架上的熱門書籍。

1987 年成立香港人際口才學會，榮幸地邀請到我的導師任伯江博士成為創會顧問，任博士是一位資深的傳意先驅者（他是美國哥倫比亞大學大眾傳播教育博士），當時他擔任香港中文大學教育學院高級講師，而他本着「傳之以心，授之以意」和「有教無類」的核心價值，引導了我四十年來對培訓人際溝通課程的堅持。

我讀的第一本口才訓練的啟蒙書籍，就是任博士早年的著作《教育‧傳意‧科技》，此書令我對教育傳意和溝通技巧有更深入認識，而今次出版的《口才自學新法》第四章仍有轉載任博士以「聲、情、意」提升說話魅力的主張。

甚麼是「聲、情、意」呢？

「聲」的運用包括了：聲音、聲線、聲量、聲質、聲調……

「情」的發揮包括了：情感、情意、情緒、情懷、情理……

「意」的要點包括了：意思、意向、意義、意念、意識……

三項要素配合運用，大大提升口語傳意的吸引力，到了 2000 年，我嘗試加多一個字！

開班授徒好處是教學相長，我相信話說得好，還要具說服感染力，「聲、情、意」屬於言的技巧表述，真正可以影響人的應該是「言行合一」，說話時有適當的行為言語配合，才可以更精準傳達訊息，「行」的表現包括了：行為、動作、手勢、體態、表情……

「聲、情、意、行」是我在 2000 年的教學版本。

這也體現了 Dr. Albert Mehrabian 的 7-38-55% 人際溝通法則，就是溝通要達致百分百效果，原來文字內容只佔 7%，聲音語氣佔 38%，表情動作佔 55%！

在教授人際口才課程的同時，我仍有參與傳媒工作，包括節目主持及傳媒行政崗位，感受到香港人在溝通上的轉變。八十年代初，溝通較為內斂，節目主持要持平，不表示立場和意見。九十年代大家都有勇於表達意見的信心，節目主持不可以是騎牆派。在二千年間已形成了投訴文化，電台「峰煙」（Phone-in）節目大行其道，可謂觀點、角度百花齊放，漸漸溝通時要有個人觀點。再過十年，溝通變得激烈，往往氣氛主導，而忘了溝通的目的，近年的溝通更引致家人朋友往往因觀點分歧而影響了關係和感情。

不斷教班就是與時並進的學習，在出版《口才自學新法》時，我發現原來的「聲、情、意、行」四項溝通要素，還需要加多一個字，才可達致目前的溝通效果。

需要增添的是一個「氣」字，「氣」包括了：氣氛和共鳴！

有時候對方開口說話，溝通氣氛馬上急轉直下。

有時候雙方大費唇舌，可是南轅北轍欠缺共鳴。

其實要製造良好溝通氣氛，可謂人人有責。所以想要有怎麼樣的溝通氣氛，就由自己先帶動、營造和保持。

「聲、情、意、行、氣」是我在 2020 年的教學版本。

《口才自學新法》所分享的溝通理論，可謂歷久常新，有了知識理論，還要自己能善加運用；書中提供的「自學口才實用練習」，有助提升個人表達自信心，希望每一位讀者看過本書後，在口才表達的態度、技巧及知識三方面，均有明顯的進步！

目錄

附錄

第一章

正確認識「溝通」

　　人際關係需要「溝通」來維繫，有些時候，我們所說的一句話，可能因為缺乏技巧，又或者其他因素，使對方誤會，甚至因為溝通不當，破壞了彼此間的友好關係。

　　還記得有一次，因為學校舉行送別會，結果玩得忘了形，很遲才歸家。凌晨一時踏進家門，爸媽已從沙發彈起，肉緊又大聲地連續問了我幾個問題，我還來不及回答，他們已在假設答案，甚至加上一些責罵的語句。由於夜深人靜，他們的聲量連隔鄰最愛管閒事的陳師奶也聽到，當時我想：「明天我還有臉見人嗎！」結果我只有更大聲地說：「好啦！咪咁大聲啦！」（「好了！不要這麼大聲了！」）……氣氛當然是十分惡劣，大家的心情都很差，結果還冷戰了好幾天！

　　事後細心想想，父母如果不是愛護和緊張自己，又怎會等我等至半夜三更才休息呢？不過，最難受的還是他們的神情和語氣，好像我犯了甚麼大過失。其實，問題主要是彼此溝通的技巧運用得不適當！

如果我可以預早通知父母會遲一點回家，爸媽又懂得以較溫和的語氣表達內心的擔憂，甚至讓我先更衣梳洗休息，到第二天的早上，大家都心平氣和時再「教訓」，我想我會更加接受，而衝突亦不會發生！

現在我已身為人父，有一天也許我也會遇上同樣的情況，不過我相信情況不會鬧得那麼僵，原因是兩代之間已懂得怎樣溝通！

1.1 "COMMA"──人際傳意基礎元素

溝通（communication）是一個過程，它可以通過傳情達意，建立和維繫人際關係。在這個傳情達意的過程中，需要有下列五項因素，溝通才可以進行，包括：

C ── Communicator 發訊人

O ── Objective 目的

M ── Message 訊息

M ── Medium 媒介

A ── Audience 收訊人

就讓我們以COMMA這個英文字母組合去解釋溝通的流程。

人與人之間進行溝通，一定要有人擔當發訊人的角色，而他一定有目的，任何人說一句話都會是有動機和目的，而他需要將目的化成訊息，訊息是指大家都明白的語言文字，透過不同的媒介，將訊息傳達到收訊人那裏。

收訊人接收到訊息，會加以考慮並作決定，然後便回應對方。這個時候，收訊人的身份已變成了發訊人，因此，在溝通的時候，我們應注意不可以壟斷發訊人的角色，應該彼此作出回應（feedback），溝通才可以順利進行。

"COMMA" 傳情達意的五項必要元素

1. Communicator 發訊人

– 「自己」是溝通過程中重要主角之一

– 發訊人的「自我形象」（self-image）包括：

（i）生理特質：外表長相，面貌身材，身體健全，高矮肥瘦……

（ii）智能特質：記憶力，判斷力，創造力，推理能力……

（iii）社會特質：扮演角色，藝術方面、運動方面、學術方面的能力……

– 如何增強發訊人的溝通自信心呢？

（i）自己對自己的看法、評價

（ii）別人對自己的反應、回饋

（iii）學習接納自己、欣賞別人

2. Objective 目的

– 溝通的主要「目的」是傳送訊息。

– 明確的「目的」源自：清晰的思維，容易被接納/明白。

3. Message 訊息

－「訊息」經過傳送和接收，溝通才能發生。

－「訊息」包括了：

（i）　意思（meaning）──主意（idea）和感覺（feeling）

（ii）用作溝通意思的符號（symbol）

（iii）用作溝通意思的形式（form）

－「訊息」中的符號代表文字、話語、聲音、動作

－將「主意」和「感覺」轉化為「符號」的過程：譯出（encoding）

－將「符號」和「非口語指示」轉化為「主意」和「感覺」的過程：譯入（decoding）

4. Medium 媒介

－語言溝通：說話內容

－非語言溝通：身體語氣、氣味、手勢、表情、語氣……

－兩者之間的關係：

替代（substituting）──以動作代替說話

矛盾（contradicting）──「我沒有生氣」

強調（accenting）──以點頭來強調

重複（repeating）──配合手指指出方向

5. Audience 收訊人

－清楚接收訊息的因素：個人情緒狀態、環境、聆聽技巧

> ─ 回應的重要性：使溝通由單向方式轉為雙向或多向方
> 式

1.2　溝通的終極目的——共鳴

COMMA→共鳴（EMPATHY）→傳情達意→氣氛

兩個人在進行溝通傳意時，最重要的是令對方有回應，假如只得單方面在放送訊息，對方毫無回應，兩人之間便較難產生溝通中的終極境界——共鳴！

能夠產生「共鳴」，發訊人與收訊人最少有相同的溝通目的，或者大家有共同方向、經歷、理念、價值觀……傳意是在互動和強烈的「氣氛」中進行。

共鳴是產生「氣氛」的基礎原因，你認為下列情況下的傳情達意有「共鳴」和「氣氛」嗎？

（1）一班球迷正討論上周末舉行的國際足球比賽賽果。

（2）在麻將枱上，正在「攻打四方城」之際，有人談論關於「流體動力學」對社會經濟的影響。

（3）爸爸一回家，便用力關門，氣沖沖地放下公事包，沒有開口說話。

以上哪項是有溝通氣氛呢？為甚麼？

1.3　溝通時常犯的毛病

一般人習慣以譏諷的口吻說話，這種現象不知道是社會風氣所造成，抑或是人生活在太大的壓力下，溝通意向變成「我不快樂，所以也不想見到你快樂」這種心態。

幾十年前，社會上的和諧與平衡的溝通方式，已經再難重現。今天滿是偏激謾罵的文化，你本來想說一句好聽的話，結果也會引起誤會，例如：「你這套衣服真漂亮，是否在深圳選購的呢？」如果你是發訊人，講這句話的目的會是甚麼呢？

要提升個人表達好感的能力，只要肯以「欣賞」的角度去觀察身邊的人和事，一切都有所改觀，到底香港有甚麼值得你欣賞的呢？試想一想，這總比整天不斷批評來得舒服一點。能夠有表達好感的能力，正顯示你有生活得愉快的心態。

「長期沉默」也可算是科技日益進步的社會的一種怪現象。試想手提電話、互聯網上的電郵、傳真機等都是加強人際溝通的工具，可是大部分文明人，就是越現代化越科技化，就變得越沉默，有些專業人士如工程師、資訊科技人員都感到面對面的溝通是有壓力的。

工作壓力大亦會令人有逃避與人溝通的傾向，我們應該主動一點，投入生活中每一個環節，有需要發言時，便爭取應有的權益，對生活抱有好奇和趣味，善加利用人際溝通的技巧。

很多時，年青人因為看連環圖太多，結果欠缺說話組織能力，說話內容總是片段式表達，還有可運用的詞彙不夠，結果情緒激昂時，有時只能以粗言穢語來表達自己內心的感受。若

要詞能達意，發訊人應該多觀察多演練，説話內容要有內涵，措辭恰當，淺白易明，漸漸説話的毛病便會得以改善。

現代人在與人溝通時，有很多值得留意的技巧，如果不小心，這些溝通毛病便會破壞溝通氣氛，以致沒法達到溝通的目的。值得注意的「傳意技巧」包括：

（1）説話時盡量減少「慣用語」，即俗語所謂的「口頭禪」，太多慣用語會令人無法集中傾聽你説話的內容，甚至會懷疑你説話的可信性。

（2）避免含糊不清。

（3）説話要適可而止，不論是講笑或認真的討論，都應該考慮對方的情況，掌握適可而止的技巧，這樣人們會覺得你是一個懂得溝通技巧的人。

（4）説話時不要時常中斷或打岔，例如開始談一個人或一件事時，卻又突然顧左右而言他，或説了其他不相干的人或事，這樣做會令人無所適從。

（5）盡可能多稱呼對方的名字。

（6）讓對方有機會發表自己的意見。

（7）細心聆聽，以便作出回應。

（8）切勿心急，溝通和思考都是需要時間的。

（9）小心運用語氣和聲調，以免使人誤會。

（10）敢於表達自己對對方的謝意和感受。

（11）控制你的脾氣。

（12）在準備嘲笑對方前，先考慮清楚。

（13）避免主觀。

其實，溝通時要注意的技巧，同樣是人與人建立人際關係的要點，只要平日細心觀察，多感受自己的生活，溝通的技巧是可以從經驗累積得來。

1.4 言語溝通及非言語溝通

在人際溝通之中，除了文字溝通（written language）外，還有言語及非言語溝通。

文字代表了一個地方的文化發展，而且有了文字，表達的時候，會更有邏輯、更有組織，令人會慢慢思考領略文字語句的含意。當你感到說話不能準確表達到你的意思時，不妨考慮「書面語」！

言語溝通是最直接和最簡單的溝通「媒介」，說話的內容可以顯示一個人的社會地位，以及其教育和文化的背景，同樣情緒的起伏、個人的內心世界都可以從語詞、速度表現出來，而說話的組織力和邏輯性，亦足以反映出一個人的智慧和反應。

中國人有一句老生常談的話，就是「禍從口出」，可見溝通中的言語溝通，實在有一定的影響力，不善加運用，極可能引致不少誤解。

非言語溝通是一種無聲的言語，包括了行為態度、手勢、氣味、衣著、眼神、姿勢、位置距離……等等。當你進行言語溝通的時候，你若口是心非，你的表情、手勢、眼神，可能已將真相流露出來，所以有些學者（如佛洛伊德（〔S. Frend〕）

表示，當一個人佯作說真話的時候，他的姿勢、動作早已流露「事實」！

　　非言語溝通很多時會令人感到更真切和富說服力，假若你感到直接以言語說話、表達謝意很不自然，大可以買一份禮物，附上一張謝卡，微笑地將這番心意遞上，相信對方一定明白，而且更勝千言萬語，因為溝通的目的已經達到，就是表示謝意！

　　一個簡單的手勢可以代表無數文字言語。有時在視線範圍內，大家無須高呼大叫，也會彼此明白。就看股票市場、魚市場、電視台、電台……不同地方的行語，都有他們一套的獨特手勢，如果你要加入這些行業，或者要跟他們有更好的溝通，你一定要學會這些「手語」，否則便會顯得格格不入。

言語溝通及非言語溝通

溝通：**說話內容**　7%

　　　　聲調語氣　38%

　　　　表情動作　55%

1. 言語溝通的障礙

說話的內容──顯示個人的社會地位、教育文化程度。

說話的速度、語調、用詞──顯示個人的情緒起伏、內心世界。

說話的組織和邏輯──顯示個人的智慧和反應。

- **主觀意願**

　－「我很關心你！」

　－言語的含意不在詞句本身，而在雙方所作的詮釋。

- **多重意義**

　－在不同情境下有不同解釋。

- **模稜兩可**

　－容易產生誤解。

- **抽象難明**

　－欠缺具體性和精確性。

2. **非言語溝通的方式**

　利用身體各部分、行為、手勢、氣味、衣著、眼神、距離等進行的無聲溝通。

- **面部表情**

　－驚訝、生氣、嫌惡、害怕、傷心、快樂……

- **眼神接觸**

　－小心處理與陌生人的眼神接觸。

　－被注視較多的，通常是較被喜愛和接納的。

　－人傾向注視地位較高的人物。

　－用眼瞪視十秒鐘以上，會產生敵意、不悅、怒氣的感覺。

　－逃避眼神接觸，可能是不好意思、羞愧、不投入、欠缺自信……

- **手勢**

-控制小動作，太多重複多次而又無意義的小動作，對
　方會認為你表現得不成熟。

-注意不同行業的手勢溝通方式。

- **姿勢**

-身體向前傾和向後傾的分別。

-發放緊張和放鬆的訊息。

-坐、立的姿勢顯示不同的狀態。

- **聲量語調**

-透過聲調高低、速度快慢、重音強調、音量大小、節
　奏停頓，表達不同意思。

- **觸摸擁抱**

-接觸（touch）是最基本的溝通形式之一。

-握手、拍肩、擁抱、親吻……

-觸摸可以傳達多項訊息，包括：關愛、喜歡、友誼或
　敵意。

- **距離空間**

-個人空間的維護（personal space）。

-從公眾社交的距離至親密關係的距離。

-公眾距離（public distance）：12 呎以上至 25 呎。

-社交距離（social distance）：4 呎至 12 呎。

-私人距離（personal distance）：18 吋至 4 呎。

-親密距離（intimate distance）：18 吋以內。

1.5 溝通的形式和運作

溝通大致可分為單向、雙向和多向三種形式。

單向溝通是指發訊人向收訊人發出訊息，期間收訊人絕少作出回應，只有接受，進行單向溝通的實質好處是節省時間，不過，收訊人可能會不清楚甚至誤解訊息。

在現實生活中也有不少例子，在課室內老師為了節省時間，以便在期考前教完課程範圍的內容，於是很多時都會以單向溝通的形式進行教學，下課鐘聲一響，就算學生真的有問題，也會因為時間關係而放棄發問，結果到學期大考時，學生才發覺有很多地方是不懂的。

上司對下屬，父母對子女，便大都以單向方式進行溝通。

雙向或多向溝通是指發訊人與收訊人之間互有回應，好處在於大家可以更清楚彼此的要求，或者增進彼此之間的了解，缺點是意見多多，不單浪費時間，有時更會產生誤會或毫無結果；例如開小組會議，很多時，會議進行了兩三小時，各成員仍然沒法達成協議，結果又留待下次再談！

不過，雙向或多向溝通是應該鼓勵的，例如：面試、演講這些都是雙向或多向溝通的形式；吵架鬥嘴為甚麼愈罵愈激烈呢？皆因彼此有回應，雙方都有共鳴，互罵起來便更投入。

所以，無論以任何形式進行溝通，最重要的還是產生共鳴，這包括了共同的興趣、看法、感受……於是彼此之間就會你一言我一語，溝通的運作便可以循環不息。

溝通的形式和運作

發訊人／收訊人		收訊人／發訊人
• 過去經歷		• 過去經歷
• 價值觀	⟶	• 價值觀
• 知識文化	回應	• 知識文化
• 性別		• 性別
• 動機及期望		• 動機及期望
• 身心狀況	⟵	• 身心狀況
• 情緒感受		• 情緒感受
• 觀點立場		• 觀點立場
• 身份角色	環境因素	• 身份角色
• 態度興趣	（干擾和阻礙）	• 態度興趣

溝通大致可分為單向、雙向或多向形式進行：

• 單向溝通

　例子：＿＿＿＿＿＿＿＿＿＿＿＿＿＿＿＿＿＿＿＿

　好處：＿＿＿＿＿＿＿＿＿＿＿＿＿＿＿＿＿＿＿＿

　缺點：＿＿＿＿＿＿＿＿＿＿＿＿＿＿＿＿＿＿＿＿

• 雙向／多向溝通

　例子：＿＿＿＿＿＿＿＿＿＿＿＿＿＿＿＿＿＿＿＿

　好處：＿＿＿＿＿＿＿＿＿＿＿＿＿＿＿＿＿＿＿＿

　缺點：＿＿＿＿＿＿＿＿＿＿＿＿＿＿＿＿＿＿＿＿

第二章

拓展溝通的領域

　　人際溝通不單只是傳情達意，同時也希望從溝通中獲得互相接納、信任、認同，最後建立起人際網絡關係，拓展溝通領域，包括主動表露個人資料，也留心聆聽對方的資料。兩個陌生人走在一起，從初相識到成為好朋友，還有朋友名單的數目不斷增加，這個過程是殊不簡單的。要維持一段關係，溝通中的了解和聆聽是絕不可少。

2.1　了解和聆聽之源——心靈之窗

　　在彼此溝通的過程之中，我們應學會了解和聆聽對方，從而可以作出回應，而人與人之間的溝通話題大都會先落在「公開領域」之內，只要我們肯坦白開放自己，別人便有機會可以更了解和接受自己，溝通才可以實行。

　　「祖夏利之窗」（Johari's Window）是源自 Joe Luft 和 Harry Ingham 的理論。試想像一扇窗的範圍內，你的一切包括：能

力、性格、想法、價值觀、需要、喜好、目標、秘密……全都放在這空間內！

在這一切事物中，有哪些是你「自己」知道的，有哪些是「自己」不知道的呢？以另一種方式劃分，有哪些是「別人」知道的，有哪些是「別人」不知道的呢？

如「祖夏利之窗」展示，一個人如果不讓別人了解自己，經常將自己封閉的話，這種人便只有處於「盲目」或「秘密」的領域之中。(見下圖)

	自己知道	自己不知道
別人知道	公開領域	盲目領域
別人不知道	秘密領域	未知領域

「公開領域」是指別人知道而自己也知道的事物。

「秘密領域」是指別人不知道而自己知道的事物。

「盲目領域」是指別人知道而自己不知道的事物。

「未知領域」是指別人和自己都不知道的事物。

這個世界所發生的事，都走不出這四個部分的「祖夏利之窗」的範圍，一個極度自我封閉、不作溝通的人，他的「公開領域」所佔的比例一定很少，因此，只要我們肯向人請教，盲目

的領域便會縮小，肯自我剖白，秘密的領域亦會縮小，隨着科技的進步及專家的研究，只要留意世界大事及傳播媒介報道，未知的領域也會變成了公開的領域。

所以透過溝通，我們可以知道，「公開領域」是不斷擴大的，不過，這個窗絕對不會不停擴展到只得「公開領域」，因為每一個人必然會有秘密，而且會不斷新增秘密，這使「秘密領域」必定存在，再加上在這個世界，總會有一些事物，因為時間空間的因素而不知道，令到「未知領域」仍然存在，所以，唯一可作考慮的，就是盡量擴展公開的領域，多進行溝通。

2.2 交替傳意的溝通模式

人與人之間的溝通，出現衝突的情況，主要是因為你與對方溝通時，同樣對對方有某程度上的要求。有時候我們希望（要求）對方正正經經地討論，他卻嬉皮笑臉；有時候你以為和對方只是開玩笑，殊不知他卻認真起來，究竟我們應該採取甚麼方法去應付呢？

根據畢爾尼（Eric Berne）對「交替傳意分析」的研究，用權威去壓迫是很難達致溝通的。很多時，我們會因為對方不順從自己的意願（要求），結果擺出一副至高無上的權威神情，務求逼使對方屈服，這種溝通方式只會破壞人際關係。

其實，在與人溝通的時候，我們都會扮演着不同的角色，根據畢爾尼的見解，一個人在不同的情況、需要和情緒影響下，對不同的人會扮演着不同的角色，其中包括有：

- 父母形態角色——代表「權威」的表現
- 成人形態角色——代表思想成熟的表現
- 孩子形態角色——代表天真、孩子氣的表現

　　一個人不論是小朋友或成年人，他都可以具備上述三種形態角色，就正如有些小朋友，他可以十分「成人地」跟你討論，甚至正襟危坐像一個大人一樣，於是身邊的人都會十分讚賞這成人形態的小朋友，因為他的表現滿足了四周的人的要求。

　　同樣地，一位六、七十歲的老人家，可以被人形容為老頑童，甚至一位老公公可以跟自己的孫兒在地上爭玩具，玩得不易樂乎；如果你在旁邊以父母型或成人型的態度去看他，你便只會覺得他幼稚和無尊嚴。究竟誰是誰非，這完全是大家的觀點與角度不同，這一點同樣影響到兩人之間的溝通。如果一個是父母型，一個是孩子型，兩個成年人的溝通便可能產生許多不可預測的「衝突」或「不協調」。

2.3　人際溝通技巧要訣——自我肯定

你有否經歷過以下不快樂的生活體驗呢？

- 當上課、工作會議或與友人聊天時，感到自己人微言輕，結果不敢表達自己意見。
- 推銷員向你推介某種你不需要的產品或服務，你不好意思拒絕，結果勉強購買了。
- 你會怕得罪別人而答應別人的要求。
- 在公共交通工具上，來了一位老人家，在眾目睽睽下，

你不敢站起來讓坐，只好裝睡假裝看不見，但心裏卻很難受。

- 別人對你作出「稱讚」，你內心很高興，但卻擺出一副很慚愧的樣子。

如果你有以上所列出的不愉快經歷，你便必須重新塑造一個自信形象，勇於表達自我，對自己的談話內容有所肯定，人際溝通的技巧最重要的還是你有自信心。

欠缺溝通自信的人，內心隱藏了許多恐懼，包括：

- 不願做決定，擔心失敗。
- 害怕成為被注意的焦點。
- 不敢拒絕別人也怕被人拒絕。
- 害怕說話得失別人。
- 不大願意表達自己的感受。

當你擁有一份自信（自我肯定），在與人溝通時，應知道自己：

- 有選擇的權利
- 有改變的權利
- 在不侵犯別人的權益下，有做任何事的權利
- 接納及欣賞自己
- 有表達意見的權利
- 有權利說「不」或拒絕對方的要求

2.4　加強口才表達的自信心

你會否感到讚美朋友是一種困難呢？

做錯了事，會否感到難於啟齒説聲「對不起」呢？

有勇氣，有信心，才可以將內心要説的話説出來，否則，就算你內心有千言萬語，你不主動表達出來，又有誰會知道呢？

兩個人坐在一起，如果大家都在等對方先開口，結果便只得一片沉寂，只要你肯先開口，溝通便展開了。

很多時，我們都因為「預想」太多，而且過分地將説話複雜化，結果就連一句簡單的「多謝」，或讚賞對方的説話都不敢吐露出來，深怕別人會誤會，會以為你刻意奉承，會認為你別有居心……人家怎樣想，我們不能控制，最重要的是我們立場堅定，有勇氣説出心裏的説話，人與人之間的隔膜才可以打破。

説話時的自信心可以來自很多方面，有些人認為一個人的學識、家庭、民族觀念、工作、人生經歷、修養等對説話的「質」都有影響，相信這些東西大家都會擁有，而且還不斷增加，日子一天一天的過，我們從生活所得的便愈多。

一個人如果説的是一件事實，是千真萬確的話，相信他的信心一定會令他字字清楚。

一個人如果所説的是他最熟悉的事物，相信他一樣也會令人感到他的説話流暢自然。

一個人如果要演繹的是一篇早已有十足準備的稿件，相信他一定會樂於表達。

　　所以說話的自信心，其實要擁有絕不困難，每一個人一定會有些事物是自己專長的，只要你講的是事實，對你自己所說的話又有充分的認識，再加上十足的準備，說話時的應對信心便會自然地擁有了。

　　不過，培養「勇於自我表達的信心和動力」的同時，也要將溝通的阻力——「預想」——克服，因為「預想」引伸其他不必要的假設，亦受個人學識、文化、家庭、工作、經歷所影響。「預想」只會令我們有不實踐、不付諸行動的藉口。

第三章

甚麼人説甚麼話

　　中國人對説話的傳統觀念是：「禍從口出」、「講多錯多」、「口甜舌滑」……等等，這些話都是過分貶低了溝通的價值，再加上我們傳統的美德之一就是——「忍」，很多心裏的説話，就真的藏在心裏，日子久了，説話的技能便退化了，忽然發覺自己成了一個拙於辭令的人。為了保護自己，於是便繼續扮出一個冷漠但沉默的形象與人接觸，結果人的溝通便愈來愈少，就連親如兄弟，一家大小聚首一堂時，也只是望着手機或電視機，而將溝通的機會輕輕放過，漸漸地，我們好像「怕」了説話，甚至刻意逃避。

　　人可以説話溝通，實在是上天賜給我們最偉大的禮物，一個人應該尊重自我的權利，做一個敢言的人。不過，敢去説話，本身就是一種學習，愈去逃避，只有令我們對「説話」感到更陌生。「説話」所遇到的困難，我們必須要面對和解決的，以免白費了我們祖先的努力！

　　魯迅説過：「我們的祖先原始人，原來連話也不會説的，為

了共同勞作，必須發表意見，才漸漸的練出複雜的聲音（語言）來。」

廣播界前輩馮展萍先生曾說過：「在編寫一個廣播劇本時，必須要留意其中一個重點，就是：甚麼人說甚麼話！」

有人認為人生如舞台，每一個人都擔當着某些角色，彼此角色不同，自然會有不同的行為表現和對白，自己就是個人的編劇，其實說話的技巧並非想像中那麼困難，學會分析個人與說話的關係，加強應對的自信心，便可以解決對說話所感到的困難。

3.1 說話的基本要求——清楚

不論你是甚麼身份的人，在與人溝通、開始說話的時候，務請清楚地表達。當然作為發訊人的你，應該清楚了解有關說話的內容重點，你所運用的語言彼此是否熟悉。現在不少人都會到中國內地發展生意，你有否清楚掌握普通話的詞彙與廣東話的分別呢？還需要清楚知道南北兩地文化差異，以免鬧出笑話。

最重要的還是說話時要清楚讓對方聽得到，也要聽得明白。如果說話含糊不清，會留下一個不夠專業的形象，欠缺自信，更會使人容易產生誤會，平白浪費了時間。

如何可以說話清楚

1. 適當聲量

- 聲量過大——會令人有神經質、沒有禮貌、目中無人的感覺
- 聲量微弱——欠缺自信、說服力不足，令人產生懷疑的感覺

2. 說話速度

- 速度太快——緊張、壓迫感、欠缺誠意
- 速度太慢——欠缺動力、拖延時間、失去聆聽的興趣
- 速度急促會導致「懶音」咬字不清楚的現象

3. 用字遣詞

- 運用收訊人明白了解的詞彙
- 注意正確讀音及成語運用技巧
- 清楚了解自己所說的文字內容，避免產生誤會

4. 集中主題

- 焦點清晰，避免作不必要的詳述或解釋
- 掌握主題內容和重點，令對方清楚了解

5. 讀稿練習

- 可以朗讀書本或報紙，以提升說話時的「看」與「講」的協調能力，有助說話更流利清楚。

3.2 聲量的控制

聲量的大小足以令聽的人聽得清晰和舒服，近距離而過分大聲的交談，便會給人一種神經質或沒有禮貌的印象；聲量微弱，除了聽不清楚外，更令人懷疑講者說話的可信性，是一種缺乏說服力和自信的表達方式。

支持聲量大小的力量主要來自一個人的呼吸，胸肺的呼吸並不是發聲的基動作，要做到「理直氣壯」，必須靠腹式呼吸（在第七章的聲線訓練部分，我們會分析應該如何正確呼吸）。有正確的發聲方法，才可以有「力」將聲音傳送出去。

同時，距離與聲量會成為一個互相影響的關係，說話的時候，不妨將眼睛的視線放在聽者身上，這樣，藉着眼睛焦點的帶領，配合腹式呼吸，聲線便能適當地和自然地投射到對方了。

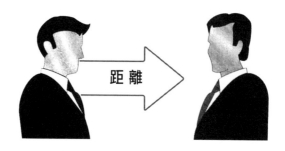

距離

3.3 標準的說話速度

說話的速度太快只會給人一種緊張和欠缺信心的感覺，都市人大多數生活緊張，節奏急促，於是大都是心急口快，說話的效果就像機關槍似的一輪急攻，習慣了這種說話形式，便會

導致有「懶音」的出現，「懶音」是指那些發音和咬字都不是依照標準的讀法，結果朋友讀成了「貧」友，「國」變成了「角」，「江」及「光」不分，試問聽的人是多麼容易產生誤會呢！

不妨將說話的速度，控制在每秒鐘 4 至 4.5 字，還有當你感到說話緊張時，不妨刻意將說話的速度再減慢，這對於控制緊張的情緒，有意想不到的成效！

於是，下次如果有人要你準備三分鐘的演詞，你便可以準備一篇用一百八十秒乘四個字的約八百字講詞，只要依照正常速度說出來，說話的清晰度便會提高，而且更能掌握及控制時間，避免在時間上出現過長或不足的情況。

3.4 糾正「懶音」及正視讀音

要聽者接收到清楚的訊息，發訊人必須有正確的發音咬字，試想一句話內，連續出現了讀錯姓名、誤用成語，這些都會使人懷疑你的學識水平。所以，能夠做到字正腔圓當然最好，但除此以外，我們更應多吸收語文知識，以加強我們運用言語的信心。

如果一個人經常讀錯字，不單會破壞自己的形象，同時會造成笑話，甚至令聽者摸不着頭腦，產生誤解！

以下為一些常見的「懶音」字，年青一輩往往「等」、「薑」不分，大家試試能否準確讀出有關字音，你可以請別人指正你的錯處，同時把發聲的位置如咀唇、舌頭、牙齒、鼻、喉部等調校正確。留心字音的分別，任何人都可以發出正確的讀音。

注意字音

以下各字的讀音易於混淆，請多留意：

江、剛、缸、崗、綱、罡（以上各字同音）

港、講（以上兩字同音）

光、胱（以上兩字同音）

廣

國、郭、幗、廓、槨（以上各字同音）

角、閣、各、覺、擱、珏（以上各字同音）

唔（合口）

吾、吳、梧、蜈（不合口）

五、伍、午、仵、忤（不合口）

誤、悟、晤（不合口）

難（N音）

蘭、欄、攔、闌（以上各字是L音）

納、衲（以上兩字是N音）

臘、蠟、垃（以上各字是L音）

南、男、喃、楠（以上各字是N音）

籃、藍、襤、婪、嵐（以上各字是L音）

女（N音）

呂、壘、鋁、侶、旅、磊（以上各字是L音）

勞、盧、牢、爐、癆（以上各字是L音）

老、魯、鹵、虜、櫓、擄（以上各字是L音）

路、露、賂（以上各字是L音）

奴（N音）

努、惱、瑙、腦（以上各字是N音）

怒（N音）

梨、厘、璃、離、狸、驪、罹（以上各字是L音）

里、李、理、哩、鯉、履（以上各字是L音）

利、俐、吏、莉、蒞、痢（以上各字是L音）

尼、彌（粵音）、妮（以上各字是N音）

你（N音）

膩、餌（以上兩字是N音）

龍、隆、籠、聾（以上各字是L音）

農、儂、濃、膿（以上各字是N音）

郎、狼、廊、螂、瑯（以上各字是L音）

囊（N音）

留、劉、流、騮、榴、樓（以上各字是L音）

扭、紐、朽、鈕（以上各字是N音）

撓、錨（以上兩字是N音）

鬧（N音）

暖（N音）

嫩（N音）

聯、鑾、巒、鑾、攣（以上各字是L音）

亂（L音）

糯、懦（以上兩字是N音）

拈、黏（以上兩字是N音）

廉、簾、奩、帘、鐮（以上各字是L音）

林、淋、琳、霖、臨（以上各字是L音）

娘、孃（以上兩字是N音）

良、梁、糧、粱、涼（以上各字是L音）

獵（L音）

聶、鎳、涅、躡（以上各字是N音）

連、蓮、憐、璉（以上各字是L音）

年（N音）

裊、嬝（以上兩字是N音）

了（L音）

力（L音）

溺（N音）

笠（L音）

粒（N音）

零、伶、鈴、齡、凌、陵、靈、菱、楞（以上各字是L音）

寧、嚀、檸、獰（以上各字是N音）

洛、烙、酪、駱（以上各字是L音）

諾（N音）

3.5　掌握口語化讀稿技巧

「讀」稿其實是指以「講」的形式，將內容演繹出來，但切忌生硬地以見字讀字的方式讀出，最好能夠做到「清楚」這要求，而聲量、速度與字音也適當地配合，若能再加上以下重點技巧，讀稿自會流暢自然。

1. 標點記號

可以用筆在文章的重要部分加上符號、打圈或橫線，甚至以不同顏色的螢光筆突顯重點內容字眼。在稿件上加上自己的分段符號，會令自己感到更能掌握說話的流暢性。

2. 段落分明

說話時會要求一氣呵成，但在讀稿時則要顯示文章段落的次序。如果只顧以「一輪搶攻」的快速方式讀出，便會欠缺情感，給人生硬的感覺。

3. 情緒投入

文章內容的意義和用詞，都可以透過自己投放的情緒而令人聽得更入神，以情緒帶動恰當的聲線和語調，會令人聽得更投入。

4. 身份定位

閱讀一篇文章時，不妨考慮自己以甚麼身份來演繹這段說

話，是以第一身講述，還是第三身的旁述。另外，要注意個人的定位，你會以專家的口吻，還是以分享的心態與聽者交流訊息呢？不同的身份定位，會影響你讀稿時聲、情、意的配合情況。

5. 眼快口慢

可以試試先以眼睛看清文章的開始部分，例如當你正在講第一句話的時候、你的眼睛已經超前在看下一句的文字內容。這種「眼快口慢」技術，有助你讀稿時更流暢和自信。

以下附上讀稿練習一篇，不妨試試可否流利地演繹文章的內容。

讀稿練習

（很流利地解釋着）我是好人，真是好好人，有時我會無意中做些少壞事，但我不算是壞人，我是普通的好人，一個做好事多於做壞事的好人，好人不一定不做壞事，但是他用好的出發點，做了壞事自己也不知道，所以他就是好人，我也是好人，最壞的是我以前是壞人，壞人改過就是好人，好人亦好容易變成壞人，難保我以後不會由好人變成壞人。

你不明白？好，舉一個例子，大家都聽過「狼來了」的故事嗎？（觀眾反應）好，（突然指責一個觀眾）你，就是

說謊話的牧童，你說謊話，所以你就是壞人！但後來你為了抵抗豺狼，奮不顧身，所以你也算是好人。(突然又指着另一個觀眾) 你是農夫，你答應保護孩子及羊，所以你是「頂呱呱」的好人，(改變語氣) 但後來你見死不救，你就是壞人！(又指着另一個觀眾) 你也是壞人！你隻豺狼，無惡不作，是大壞蛋，但是，(和緩地) 你為了那條村，懲罰了一個說謊的人，所以你也是好人！(向大家) 明白了沒有，好人與壞人只是相差一線，總之，我比特別好的好人壞少許，比特別壞的壞人好好多。

(資料來源：陳敢權話劇：《暖毛毛》)

第四章

提升個人說話魅力

　　說話魅力是指增加說話時的吸引力或動聽程度，當然說話的內容夠吸引、主題內容夠新鮮，亦十分重要；不過，就算是一篇最浪漫的情詩，如果演繹得不動聽，成效也會大打折扣。所以說話除了要具備「清楚」這要求，掌握「說得動聽」的技巧也十分重要。

4.1 邏輯重音的運用技巧

　　一句話要說得動聽，應該善加運用邏輯重音，重音或輕音都是出於傳情達意的需要，一般是把起傳情達意作用的字、詞或含有特殊意義的部分讀得重一些。

　　重音是指通過「強調聲音」來突出意義，能使聽者對一些重點詞句加深印象。

　　一句話由不同的詞語組成，而句子中必有一些比較重要的字眼，例如：「年青人應該不計成敗努力向前！」你可以運用自

己的邏輯主觀，決定將某些字詞加強語氣；不過，一句短句之內，不宜有太多的重音。

一般加強各種重音的方法可以有下列各種途徑：

1. 拖長音節

強調某些詞語的字音可以拖得長一些，一般是用來表達較深摯的感情，同時也可以令這些詞語聽得更清楚。

2. 重音輕讀

把要強調的字詞減弱音勢，這種方式主要用來表現深沉凝重、含蓄內向的細膩感情，令聽者更有真切的感受。

3. 一字一頓

利用停頓上的時間控制，加強要突出的字詞，最好在要強調的字詞前後都作小小的停頓，令人感到有更深刻的感染力！

4. 加強音量

把要強調的字詞讀得重一些和響亮一些，最好能配合幻想及情緒，令所要強調的字詞更感明朗。

在電視和電台上所聽到的廣告讀白，大多數都運用了個人的邏輯重音。同一個廣告，如果由不同的專業旁白員演述，會有不同的效果，大家不妨多加留意分析，這對掌握邏輯重音的運用有很大幫助。

4.2　適當的停頓技巧

運用停頓的説話，可以吸引對方的注意，甚至可以加強説話的重要性和壓迫力，適當的停頓亦是一個製造氣氛的好方法，而且有助聽者更清楚地了解文意，在停頓的間隙進行消化、思考、回味，同時亦令講者有換氣的機會。

一般説話的停頓可以分成兩大類：

1. 邏輯停頓

邏輯停頓應自然、合理、適當，不要違背平時語言的習慣而隨便亂作停頓，一般受語言邏輯所約制，例如：依標點符號作停頓便可以了；若句子太長，亦可根據文章意旨，合理地將長句分成片語，中途作一些短暫的小停頓。因此，邏輯停頓也被稱為自然停頓。

2. 感情停頓

感情停頓並不受語言邏輯所約束，完全是基於講者本身情感心態的需要而作出停頓，停頓的長短會依照情感的支配，通常感情停頓會運用在激動、思考、回憶、悲哀等情況，講者的聲音因停頓而中斷，但氣氛和神情不散，即聲斷意達，這種停頓需要以真實的感情為本，方可有驚人的內涵力量。

一般來説，感情停頓的間隙，會令聽者更感受到講者的情緒狀態，這短短的感情停頓，更能引起大眾的共鳴，比説出來的語言更有感染力。

4.3　說話的節奏動感

　　說話的速度與節奏都是內心思想感情的表現，一般來說，速度與節奏的配合是協調的，說話的快慢對比成了一種節奏感，比較重要的說話可以講慢一點，不太重要的可以說得快一些。

　　為了表示氣氛緊張，說話的語速有時會加快起來。好像足球比賽的旁述員，如果是電台轉播，在沒有畫像的情況下，旁述員的說話節奏便很重要，例如當球隊進攻，語速急促，可令聽眾意會到足球是一直向着對方龍門緊迫過去；相反，當球在中場時，語速會來得較遲緩。

　　間中，語速慢也不一定是說明事物的狀態，例如，當被人突然問及一個相當難堪的問題時，被問者心裏一下子充滿了憤怒和不愉快，內心的「節奏」驟然加快，但由於場合、禮貌及其他客觀因素，令他當眾不便發作，而是努力壓抑着，竭力保持冷靜的狀態，語速也就因此而相應地保持平緩，這種表現也是合乎情理的。

4.4　四類常用的聲調

　　平常說話，自覺或不自覺總會帶有自己的看法，於是，在說話時會將自己的思想情緒或多或少地表現出來，因此同一件事或同一句話，隨着說話人的觀點和所持態度不同，就會以抑揚不同的聲調表達出不同的語氣，使聽者更了解講者的意向。

在一般情況下，說話的目的不外乎是告訴別人一件事，提出問題，提出要求，或表示自己某種感情；為了表達自己的思想感情，既是有感而發，自然會運用各種不同的語調來表達不同的意願。而聲調大致可分四類：

1. 升調

說話時的聲調由低至高，一般多用於提出問題、興奮、激動、發施命令、號召，或說長句時中途略停頓而句子意思未完等情況。

2. 降調

說話時的聲調先高後低，一般多用於情緒平穩的陳述句子，以及肯定的語氣、感情強烈的感嘆句等情況。

3. 平直調

說話時保持平穩的聲調，起伏不大及尾句保持平直，一般多用於宣佈性質的說話、嚴肅的場合，或者是處理思索回憶和躊躇不決的狀態。

4. 彎曲調

說話時聲調由高轉低再升高，或由低轉高再降低，一般都是為表達複雜的情緒，或語帶雙關的隱晦感情。例如：在言外有意、帶有諷刺嘲笑及有意誇張等情況下，都會運用彎曲調。

　　大家在日常的語言溝通上，能多了解語言運用的技巧，在表達本身的意向會有一定程度的吸引力。能善於運用以上所提出的各個因素，說話便再不會死板呆滯。多練習多觀摩，你也一樣可以掌握娓娓動聽、說話高低抑揚的技巧。

4.5 掌握「聲、情、意」

　　在運用本章所提及的語言表達技巧的同時，如要將說話的魅力推上更高的層次，不妨留意三個和說話魅力相關的因素，就是「聲、情、意」的配合。

　　顧名思義，說話的魅力在於掌握這三方面的技巧：

　　「聲」是指聲音、聲質、聲量、停頓、節奏、韻律、高低抑揚等。

　　「情」是指情感、情緒、思考、想像等。

　　「意」是指意思、意向、意境、意念、形象、新意等。

　　「聲」音受到「情」緒的影響，發出來的訊息，其「意」思會容易被誤解；所以「聲、情、意」三方面需要互相配合得宜。在掌握三者關係後，還要注意多加一個「行」字，香港人際口才學會創會顧問任伯江博士認為：「一個人說話具魅力和說服力，必須做到言行合一，有實際行動，有生活體驗作後盾，說話就會更動聽。」

　　「講得出，做得到」，才是說話的真正魅力所在！

第五章

如何在社會言談中更添自信

你會否為找尋一個交談話題而感到困難呢？

有否曾因為提出一些禁忌話題而令別人和自己感到尷尬呢？

對某一類人或某一個人，自己會感到沒有興趣跟他交談嗎？

有否感到不知如何開始交談呢？

你可以令交談持續和發展新的話題嗎？

你是否經常忘記對方的名字，或用太多俗語和「口頭禪」呢？

大家可以從上述的問題中，檢討一下自己在交談中面對的弱點；有些人會感到交談是一件苦事，每當有人叫他們招呼人客，款待嘉賓，他們往往會面面相覷，話題不知從何而起。

對交談感到困難的原因，可能是基於自己的害羞性格，或是害怕說話得罪人，又或擔心對方對自己提出的話題沒有興趣，故刻意逃避交談的機會。

其實，大家不應說這些無聊的藉口，又或者「預想」太多令自己喪失了交談的樂趣，交談根本是人一生下來便有的本領。

所以，應多出席社交宴會，透過社交言談，以提升個人自信心。其實，交談又豈只是溝通那麼簡單，還有許多好處。

5.1 基礎生活本領——交談

人是一種很奇怪的動物，他喜歡說同一樣的東西多次，卻不願意聽同樣的東西多過一次！

所以，交談是接受和付出相交替的過程，也許我們要容忍別人說一些我們聽過的事物。不過，不同的人，雖然說同一樣的故事，卻會有不同的效果。因此，交談是一種學習，甚至是與人相處的技巧。

- 交談是無價寶，因為課本以外的知識和生活技巧，大部分是來自交談的內容之中，很多寶貴的前人經驗，就是在交談的時候，傳授給你。
- 交談是自我表達和分享的經驗，從心理的角度去看，一個人可以與人交談和有對手，個人的價值才會被肯定。
- 交談可考驗到一個人的反應、聆聽力、投入感，甚至社交的風度。
- 交談也是一項娛樂，三五知己，有些會妙語連珠，風趣幽默，既可以是學習也可以是娛樂，彼此大笑一場。
- 交談不是壟斷而是雙向的、甚至多向的溝通，多與人交談，是加強和改善人際關係的好方法。

5.2　如何選擇話題

　　一般人都為選擇話題而感到苦惱，原因可能只是集中於找一些不平凡的事，或者難忘的事迹，要知道這些經歷只可以是交談時的高潮部分，開始交談的時候，話題可以是平常生活的點滴，從日常的瑣事開始，往往最容易為別人所接受，例如談談：交通情況、週末的消遣活動……等等。

　　甚至有些人會以為話題內容需要有一定的學術水平，的確在這世界裏會有人喜歡談論原子彈、電腦或其他專業的學問，但仍會有人喜歡講及生活、愛情、飲食、天氣等，千萬別以為要研究幾個月的題目或學問，才可以作為交談的題材。

　　其實，任何事物皆可能成為談話的題目，例如：各種運動、家事常識、編織、工藝、汽車、街市、交通工具、國際大事、本地新聞、電影電視……等等，真是數不勝數。

　　只要自己留意四周事物，不怕表達自己的意見，而在開始任何話題前，最好能略知此話題的一些資料（但無需要有完全深入的了解），以便可以在交談過程中，互相交流一些經驗，否則便只有接受對方的觀點，自己只是站在一個「請教」的位置，交談的特質便會失去，成為「有他說，沒你說」的情形。

5.3　何謂熱門話題

　　當考慮與朋友交談而採用熱門話題時，不妨先了解何謂「熱門」，有人認為熱門話題是一提出，便大部分人皆知曉和關

心的題目，甚至最好是對我們有影響。其實，熱門話題也有它的特質。

首先是有時限性的熱門話題，某些過時的話題如：電影紅星李小龍之死，的確曾經十分轟動，可是現今還會成為熱門話題嗎？相對來說，有些話題是歷久常新的，例如：失戀的經歷，不論甚麼時候，都會有人談及並作為交流經驗的話題；平日天氣的轉變、某大公司大減價都可以是常有的話題。

其次是配合節日時令的話題，接近聖誕新年，話題便會集中在節日氣氛、消遣娛樂方面；生日、結婚周年紀念的日子，都可以成為即時的熱門話題。

另外，小組內的成員，他們的身份和職業亦直接影響到熱門話題的發展。如果這是一個老師，大家談論的話題會集中在學生、學校甚至假期的安排；若這位教師返回家中，與家庭成員交談，又會集中於家庭生活方面的話題了。

男、女之間性別不同，對熱門話題的訂定又有不同，男的或會集中在賽馬、足球，而女的又會集中在美容護膚或時裝潮流之類的話題。所以，男、女都可以談論的中性話題，亦可以算是熱門話題之一。

歸根究柢，熱門話題的選擇，是在於大家能否在交談中產生共鳴。只有彼此參與，積極發表言論，話題才可以成立和持續，當然一個話題是絕對不足夠作為整個晚上的交談之用，我們要不斷發掘新話題的方向，不斷留心聆聽，才可以作出回應。

5.4 社交言談的禁忌

在選擇話題時，實在可以是海闊天空無所不談，甚至是一聲咳嗽都可以引發彼此交談。可是，在現實生活中，的確又有一些話題應該要避忌一下，尤其是在社交的場合，面對的只是新相識的朋友，選擇話題更要小心，以免產生誤會。

面對新相識的朋友，似乎不適合談及一些私人生活的情況，「私人」的定義十分廣泛，有些人會連居住在哪一區也是私人問題，所以可以先從自己入手，把一些你認為可以公開的個人資料，不妨自己先說出來，看對方的反應；一般來說，年齡、婚姻狀況、薪金、病歷等等都不宜跟初相識的朋友作話題。

另外，當眾談論某人在工作上或生活上的不是，也很容易令人反感或尷尬。

切忌講述別人未欣賞的電影橋段，或別人未閱讀的書本的內容，這只會破壞當事人直接欣賞電影或書本時的樂趣，最好就是大家都看過了那套電影或書籍，然後一起討論。

除非肯定了大家是有共同的觀點，否則在初相識階段就談論政治或宗教的問題都會很容易產生衝突。

至於交談禁忌的例子就更多，例如有些女士很怕人談及肥胖。

有時，有些場合甚至是不適宜交談的，例如：橋牌遊戲（除了開牌之外，組員都會保持安靜），在劇院、電影院、法院等地方內，也是少說話為妙。

第六章

如何成為社交能手

　　雖然世界之大可以無所不談，但要對交談技巧有進一步的掌握，平日我們亦應該做一些準備功夫，其實讀報紙、看雜誌、聽朋友談話、收聽電台節目、出席社交宴會等等，這些場合及活動都為我們提供了不少新話題。

　　大家不妨從下列的問題中，嘗試回答並分析談話的話題可以從甚麼地方得到。

- 你是否將閱讀作為一種消閒活動呢？
- 你是否在上班或歸家的途中看報紙呢？
- 你是否只隨便聽別人的談話，而並非細心聆聽呢？
- 你是否試過讚賞某人的談話內容特別，但稍後便忘記得一乾二淨呢？
- 你是否因為太忙碌，因而從未將自己的感受和生活經驗累積起來呢？

　　幫助自己發展新話題的其中一個方法，就是用手機或記事簿將重點記下，例如：

在未來一個星期內，將自己讀過的互聯網訊息或報紙雜誌，又或從其他方式得來的話題，用一張白紙記錄下來。

另外，又把從自己工作上的同事或朋友中聽到的話題記錄下來。

然後分析兩張「話題紙」是否有相同之處。

一個好的社交能手，應找出一些大家都感興趣的話題。重視和尊重別人的意見，激勵對方，令交談持續，以及保持友善的氣氛，我們不需要滔滔不絕，間中短暫的沉默，亦可以用作發展新話題的一個轉捩點。

6.1　如何開始交談

如果在社交場合結識朋友，也許會有人充當介紹人，所以交談的開始是——介紹！

介紹時，應該將男士介紹給女士認識，如果是性別相同的話，則將年輕的介紹給年長的；當然，你亦可以自我介紹，一般在社交場合上的自我介紹，最好是簡單和直接，太過詳盡和形容詞過多，都會使人感到錯愕。

身為主人家，應該先想好介紹詞，盡量令被介紹的人身份明顯，而其他人會對他印象深刻。因為當介紹完畢後，交談的內容多數會圍繞介紹詞內所提及的資料。

若經介紹後，自己未肯定對方的姓名時，最好再問清楚，以便稍後當有其他人加入交談時，你或者會充當介紹人的角色。

交談的內容可以軟性一點，甚至可以包括派對性質、佈

置、人客、食物……等等。

在談及自己的時候，可以講及自己的工作、興趣，但切勿長篇大論。

一般來說，交談的開始，必定要有一方採取主動，試想如果大家都不開口，或在等對方先開聲，那麼就只有一片沉寂了。所以，要開始交談時，不妨由自己先採取主動！

6.2 與陌生人交談的技巧

在一些社交場合中，我們不免會接觸到新朋友，初相識時，大家都處於陌生的狀態，我們不妨可以考慮下列各點，以便作進一步的了解和交談。

（1）可先向朋友查詢有關自己會遇到的新朋友的職業或興趣。

（2）找一些可以稱讚或者有共同興趣的事物來交談。

（3）在一個酒會內，不妨觀察不同小組的組合，從而站在小組的外圍，等候加入，切勿要求別人複述較早前談論過的事物。

（4）當主人家介紹時，應留意介紹詞，因為內容會令你有發展話題的提示。

（5）自願透露自己的資料，例如：工作、宴會中認識的朋友……等等。

（6）留意對方的說話內容。

（7）隨時有轉話題的準備。

（8）與陌生人交談，應避免有爭執。

6.3 與老人家交談的技巧

老人家大都會重複某些事件，只因這些事件是他們一生最偉大的成就，例如：抗戰時期，經歷幾許艱辛，大難不死，並養活了兒女，時至今日，眼見孫兒也長大成人，哪有不經常講述當年的威水史呢！

作為年輕一輩的你，應該抱有一種接受和欣賞的態度和老人家交談，千萬別表現出不耐煩，這只會令他們更滔滔不絕，希望刺激你的興趣。

其實，我們不應該只扮演聽眾的角色，不妨可以考慮下列技巧：

（1）讓老人家主持談話的局面。

（2）不要只管聽，在適當的時候，詳細追問有趣的問題。

（3）不妨講「反話」，引用別人的相反意見，看他們有甚麼反應。

（4）鼓勵他們多講述自己的經驗和喜好，這會令我們知道得更多。

（5）他或她就是歷史，從老人家身上，我們會接收到不少前人的無價寶。

（6）你主動追問，會令老人家感到高興，而你也可以知道得更多。

6.4　與小朋友交談的技巧

　　很多時，成人跟小朋友交談，會將小朋友當成不懂事或者只是回答問題的對象，不少家長都因為與小朋友交談時表現得很焦急和緊張，結果小朋友便不能自然地流露自己的感覺，有時候更令家長以為自己的小朋友智力有問題。其實，跟小朋友交談時應該注意：

（1）不要連續發問幾條問題

　　例如家長在幼稚園門外接放學，一看見自己的子女時，便立即發問：「今天有沒有小朋友欺負你呀？老師有罰你嗎？茶點時間，你吃了些甚麼東西？」連續三條問題，試問一個小朋友可以消化到嗎？而且他在回答問題時，往往要組織自己的語句，站在身旁的家長，會以為自己的子女愚蠢，這樣簡單的問題也不懂得回答，好脾氣的會再重複問題，不好脾氣的或者已經在喝罵了。

　　一條問題，一個答案，是最理想的。如果連續發問，小朋友可能會感到有被盤問的感覺。

（2）不要只發問而不講述一下自己的經驗

　　我們應將小朋友也當成大人般看待，他其實亦想知道在同樣的問題上，家長有甚麼看法和感受。

（3）不要為他假設答案

　　有些家長發問了問題，卻急不及待地為小朋友說出答案，甚至在問題中已包含了答案，例如：「消防員叔叔的制服是紅色

的，對嗎？」小朋友的答案只會是：「對！」連紅色這兩個字都沒有機會講出來。

總之，跟小朋友談話時，不妨也自我表白一下，以便加強彼此間的了解，建立起信心和親密的關係，這樣溝通才可進行。

6.5 與異性朋友交談的技巧

性別是一個影響交談的因素，除了話題本身會有分別之外，間中，有些人會感到異性朋友交談是一種壓力，甚至表現得面紅耳熱，手足無措。其實，與異性朋友交談時，可注意下列各點：

（1）選擇話題時，最好找一些中性話題，例如：旅遊、工作、消閒活動、天氣……等等。

（2）彼此之間，尤其是在社交場合，應避免談論「性」話題。

（3）男、女之間對時事、生活都有不同的觀點，因此有時要易地而處考慮性別上的主觀分別。

與異性朋友交談，不應過分集中在對方的性別與自己不同，而應投入自己的話題，但話題不宜太誇張，以免令人反感。

6.6 與VIP貴賓交談的技巧

每當我們面對嘉賓或者要和工作上的上司談話時，內心會

特別緊張，這是因為感到對方的職位或身份比自己高，其實這些VIP和常人一樣，他們亦會對周圍的事物有自己的看法，也和你一樣是社會一分子，而且可能有着共同的興趣。在與VIP交談時，不妨考慮下列各點：

（1）不要過分卑躬屈膝，否則用字及語氣的運用，就會變得失去自然，甚至連在旁的其他人，也會感到你是在奉承或裝模作樣。

（2）保持自我應有的原則，尊敬對方同時也不要令自己的自尊受損。

（3）持公平的態度，對周圍的朋友，不論他是甚麼身份，只要態度自然便可以。

（4）在交談時，大家的身份就是發訊人和收訊人，只要投入，把對方所提出的問題，作適度的回應，很容易那種緊張的感覺便會消失。

當然，最重要的還是保持禮貌、風度，多爭取與VIP接觸，同時提高個人的自我價值觀。每一個人都有自己的專長，大家走在一起進行交談，是社交上的需要。

6.7 如何令交談持續

要令交談持續，你可以採取下列的方法：

（1）留心並主動地聽取對方的意見。

（2）對別人所説的話要有即時的反應。

（3）可以用動作，如：笑、點頭，來表示自己的參與。

（4）可將別人所說的複述出來。

（5）細心聆聽，勿胡亂插嘴。

（6）不要花時間在心內計劃新話題，以免拖慢或令交談變得呆滯。

（7）應以較長的答案回答問題，避免只答「對」或「不對」。

（8）須爽快，勿以演講口吻與人交談，或發表長篇大論。

在交談的過程中，最簡單的是讓原來的話題自行結束。在一陣的沉寂後，便可接着開始另一個話題，或從舊話題中引入另一新話題，不過也勿太急促起新的話題，因為其他人可能對舊話題仍有興趣，所以在轉話題時，實在需要相當的耐性和選擇適當的時候。

交談中出現沉寂，並不是代表沉悶，而是大家需要時間去消化一下剛才的交談內容。有時候，好朋友交談中出現沉寂也不是一件尷尬的事，只要順其自然，沉寂是另一個話題的開始，當然也可藉此結束交談。

6.8　正確的言談態度

一般人在交談時都會犯上一些毛病，例如：用詞不當、說話粗鄙、言過其實、裝模作樣和忘記對方的姓名，對此大家不妨加以留意。其實，在態度方面應該：

（1）友善——切勿以取笑他人為樂

（2）愉快——保持笑容及幽默感

（3）活力——用行為動作加強語氣

（4）靈活——隨時可以轉變話題並配合情緒變化。

（5）得體——不偏激

（6）有禮——關心別人的感受和反應

在交談時，亦有些態度是不正確的，例如：

（1）勿武斷——避免用「所有」、「絕對」等字眼、不妨試
　　用「部分」、「間中」。

（2）勿降貴——過分自謙，可能得不到別人重視。

（3）勿爭論——懂得提出反對技巧，用不着爭口舌上的便
　　宜。

（4）勿分神——交談時應該全心全意。

（5）勿虛偽——稱讚別人時應該有誠意。

（6）勿含糊——講得清楚、響亮。

交談絕對是一種生活樂趣，要自己成為一個理想的交談對
象，最佳練習是交談本身，或者你可以試以講故事或講介紹詞
作為練習；另一方面，可以跟家人練習，例如每次飯後，在客
廳內，盡量與家中成員進行交談，甚至可以與朋友、陌生人練
習。

交談最重要的還是氣氛，只要談得投入，利用情緒幫助，
一個晚上就在輕鬆的傾談氣氛中度過。

同時，交談也是一種人際關係的必須條件，從中我們學會
了得體的態度、自我控制和與別人配合，這些都是交談帶給我
們的額外益處。

第七章

如何擁有動聽的聲音

7.1 聲線的基本特質

很多人都不大喜歡自己的聲音,曾經和一些初入行的電台節目主持人傾談過,他們最初都不敢聽自己所主持的節目的錄音聲帶,因為總覺得自己的聲音十分難入耳,但隨着表達技巧的改進,加上信心增大了,自己的聲音好像忽然動聽了很多。

聲線訓練的首要練習是訓練自己的聽覺分析力,只有敏銳的聽覺才可以分辨出聲音中的特質,甚至不同方言的特色,而我們所接觸到的聲音包括有下列四種特質:

(1)聲音的高低分別,就好像任何樂器不同的調子。

(2)聲音本身代表了某項發聲體的特質,就好像我們能分辨鋼琴和小提琴的聲音、男性和女性的聲質是不同的。

(3)聲音的大小音量亦有分別,當吵架的時候,聲量自然會大,相反情話綿綿的時候,聲量自然柔弱得多。

（4）聲音的速率能反映說話時的快慢，以及短句與短句之間的停頓。

只要我們留意收聽四周的聲音，自然會養成一種願意去聽的習慣，從而加強對聲音的分析力，逐步將聲線改善。聲線訓練是有助一個人改善聲音的，只要有恒心，將問題分成不同的小毛病，從小處入手，一個一個糾正，並且樂意地和自願地去練習，例如每一天都預留一小節時間作練習；當然，沒有其他人騷擾則更佳。不過，如果你是一位大忙人，則大可以利用散步、更衣、駕駛、洗澡的時候進行某些簡單的練習。

7.2 影響個人聲線的因素

其實，今天你擁有的聲音是受到下列的因素所影響：

1. 生理結構

你本身的生理結構，包括發聲部分的組織、牙齒、舌頭、唇，還有嘴型的大小，這些發聲器官都會影響所發出的聲音。

2. 健康情況

試想一個人已病到奄奄一息，還可以理直氣壯說話嗎？個人想要有健康的聲音，當然要有健康的體魄。危害健康的煙和酒，多抽多喝，就會影響自己的聲線。

3. 性格和脾氣

一位個性內向的人的聲音一定與一位脾氣剛烈的人有很大分別。

4. 社交影響

四周的朋友、同事，以至家人，他們的言談都會直接影響着我們，尤其是父母對子女在聲線方面的觀念影響最大。父母一般都認為大聲就是沒有禮貌，漸漸子女也習慣了以柔弱聲音應對，以為這樣才是正確，父母才會喜歡。

5. 說話的習慣

假若由童年開始便養成了某些說話的習慣，又或者我們習慣了近距離或經常耳語，聲線的發展也會因此而受影響。

7.3 分析自己聲音的特質

大家不妨在平日留意一下四周聲音的分別，例如在乘坐巴士或地鐵時，不妨閉上眼睛，細心聆聽四周的聲音，甚麼聲音影響最大？最遠傳來的是甚麼聲音呢？高音與低音的分別何在？甚至可以比較一下電視或電台節目中，不同主持人的說話形式，以及他們在表達聲線技巧上的分別。為自己的足球隊打氣、主席在主持會議的說話態度，與朋友的親切交談……等等情況，聲線的表達都各有不同。

當你能夠分析別人的聲音及不同的聲質時，便可以為自己

的聲音作一些客觀分析和練習。

練習方法是用一部錄音機，將自己談話和閱讀時的聲音錄下來：例如先擬好一個講題，然後列出一些要點，當是談話般講出來，又或者可以剪輯一些報章雜誌的資料，然後朗讀，過程中如果讀錯了也不要中斷，盡力集中至完成整篇文章為止。

或者你會拒絕接受自己的聲音，不過不妨多試幾次，嘗試客觀地分析和檢討自己的聲音，最好再向朋友諮詢意見，然後和自己的意見比較一下，便可找出自己在聲音上的優點和缺點，加以改善。

還有，每隔一段固定的時間，便應該錄取一次練習的聲帶，然後對比一下第一次和最近一次的錄音，在聲音表達水平上是否有進步。

在為自己分析本身的聲音的同時，亦應該留意將自己的聲音音域提高，甚至解放自己呆板的聲音。下列的練習既簡單又對聲線的發展有很大幫助：

（1）試模仿各動物的叫聲，例如扮牛、馬、羊、豬的叫聲，都可以刺激到平時很少用到的發聲部位，如喉底、鼻腔、牙齒……等等。

（2）這練習的好處與上述的相同，並且可以令口腔得到運動，就是模仿各種樂器的聲音，例如鐘聲的「丁」音，便可以在鼻腔內產生共鳴的聲音。

（3）配合你的手勢、面部表情、身體擺動及適當的聲線講下列的說話：

「好嘢！真係好好嘢！」（「真棒！真是很棒！」）

「喂⋯⋯喂⋯⋯捉住個賊佬呀⋯⋯」（「喂⋯⋯喂⋯⋯抓着那賊呀⋯⋯」）

「咪嘈啦，佢地嚟緊啦。」（「不要吵了，他們正來啦⋯⋯」）

「唉，我呢排真係好辛苦，做到殘晒！」（「唉，最近我真是很累，做到身體也支持不住。」）

要令自己的聲線有所發展及為自己所接受，在錄音時不要集中在聲音本身而應注意說話的內容，只要集中主題，說話有內容，加上集中精神，個人在說話時的情緒就會自然流露出來。

7.4　發聲的操作過程

在進一步要求自己的聲線有所改進前，我們不妨嘗試回答一條很簡單的問題，人為甚麼可以發聲呢？

其實，在發聲的理論中，有兩個基本因素，就是「原動力」和「震動器」，某些樂器在發聲的過程中，還要再附上「共鳴箱」和「發音器」。所以，人在發出聲音的過程中，亦包括有此四個因素：

- 原動力──氣管，進行腹式呼吸，空氣在呼出之際造成說話發聲的一股動力。
- 震動力──聲帶。
- 共鳴箱──聲帶對上的位置，包括了口腔、鼻腔和喉嚨部分。
- 發音器──口唇、舌頭、牙齒、顎⋯⋯等等部位。

在發聲的過程中，聲帶的位置是在喉頭對下，當吸氣時，聲帶前半部會打開，後半部則保持封閉，而所形成的三角形缺口便謂之聲門（見下圖）。

當要發音時，聲帶會閉合，關閉聲門所呼出的空氣，於是形成了一般壓力，逼使聲帶震開而形成了震動及發聲。

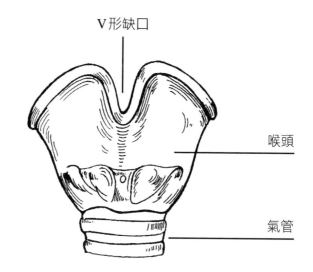

（a）當呼吸時候

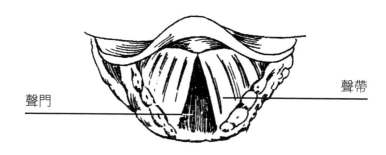

（b）當發聲時候

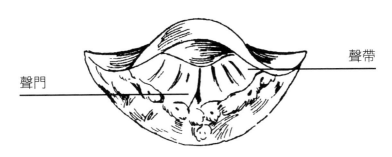

聲帶

聲門

7.5　發聲的基本條件

當要運用身體各個部分發聲時，最重要的還是保持適當的姿態，令發聲的程序不會受阻，最好能保持上半身平直，並且不要把頭垂下，以免壓着聲帶，令空氣不能暢順地排出，使聲線變得低沉。

不妨利用情緒配合，以全個身體支持發聲，事前做一些輕鬆的運動，令聲帶得到鬆弛，因而可以震動自如，大家不妨嘗試以下的練習：

- 企直、雙腳微微分開站立、膊頭平放，直腰，手放背後，身體保持平衡，發出一聲長而不斷續的「AH」。
- 可以幻想自己剛跑完步，放鬆下顎，柔弱和懶散地張嘴，並發出長而不斷續的「AH」、「OH」、「OO」。
- 輕鬆地吸入空氣，並舒服地說「一」，並在心數拍子三下，然後再吸入空氣，說「一」（在心數三拍）再緊接「二」（又數三拍），然後再吸氣，說「一」、「二」、「三」，每數一個數目則在心數三，餘此類推。

這些練習可以幫助我們保持正確的發音姿勢，並刺激和令發聲的器官得到運動。

一般的發音毛病，可以總結為下列四點：

- 呼吸不協調——於是聲音缺乏動感和疲弱。
- 聲帶震動不協調——通常是在講高音字時最易發生。
- 喉部乾燥、聲線沙啞——經過長時間說話後最易發生。
- 聲音尖銳刺耳——在嘈雜環境下說話。

以上多點毛病可以算是因為未能鬆弛發聲的器官所造成，你可以嘗試打一個出聲的呵欠，當聲音快完結之際，吸入一口氣並發出一聲「AH」，而當發聲時，以手按着頸部的肌肉，你便會感覺頸部鬆弛。

7.6 掌握正確的發聲呼吸

很多人都慣用胸肺呼吸，因為這是一個人維持生命的基本動作；不過，當一個人面對群眾，又或者要鄭重地宣佈一項消息，他便需要利用腹式呼吸的幫助，以便聲線可以來得更宏亮，給人一種理直氣壯和充滿信心的感覺。

假若你需要長時間說話，例如身為講師、導遊，便要懂得腹式呼吸的方法，然後才可以延長說話的時間，而且不會導致聲音「頭強尾弱」。有時候，看見有些教師連續上幾堂課之後，返回教員室，聲線已變得沙啞和疲乏。如果懂得利用腹式呼吸，將發聲時的壓點移到腹部，避免喉頭聲帶受過分的壓力，相信對個人的聲線保養有很大幫助。

　　很多人都認為，要保持鎮定，一定要深呼吸，其實這裏所指的深呼吸就是腹式呼吸，學習呼吸十分重要，因為空氣是支持發聲的因素之一，同時亦可以幫助減少緊張，平復情緒；如果你在眾目睽睽下作深呼吸，而所採取的卻是胸肺呼吸，那麼群眾看見的便會是演講者胸肺部分忽高忽低，甚至聳起肩膊，這些都是不應該有的表現，這樣做法只會讓觀眾感到你極緊張。

　　胸肺的呼吸並不是用作發聲，而呼吸時胸骨隨着呼吸升降，例如跑步完畢後的呼吸，這並非為發聲而有的呼吸，只有上體育堂才會有聳肩呼吸的動作。

　　發聲的基本呼吸應該是腹部的呼吸，或者有人稱為丹田氣呼吸，這是每一個人都擁有的。不過，可能大部分人疏忽和少練習，慢慢便忘記了腹式呼吸的存在。其實，腹式呼吸的方法很簡單：

　　首先躺在床上（床褥不要太柔軟），將右手放在腹部之上，左手放在左下肋骨的地方。吸氣時，右手會感覺被頂起，或者左手與右手之間出現了更闊的距離；呼氣時，情況相反。

　　當你掌握吸氣的技巧後，可以站起來，立正，在腹部位置放上一本書，然後以雙手按着，當進行呼吸動作時，書本有升高降低的情況；簡而言之，就是當吸氣的時候，腹部會脹起，呼氣的時候，腹部會收縮。

　　整個呼吸的過程千萬不要發出任何聲響，並保持輕鬆自然。以下練習有助控制和發聲：

　　• 吸氣時，在心數拍子一，呼氣時，在心數拍子一、二；
　　　吸氣時，在心數拍子一，呼氣時，在心數拍子一、二、

三，再吸氣在心數拍子一，呼氣時，在心數拍子一、
二、三、四，重複直至呼氣時可以在心數拍子一至十。

- 重複上述的練習，不過，在呼氣時，請發出「AH」的聲
響，並且必須保持聲量平穩，切勿勉強，尤其當聲線出
現震音時，應考慮這是自己吸納量的限度。

- 以步操的節拍，大聲叫出「一、二、三—— 一、二、三
—— 一、二、三——」，將四的發音刪去，中途不准換
氣，試一口氣講出以上三組數字，之後可換氣，並重複
練習。

- 同樣以步操節奏並朗聲叫出一、二、三、四；一、二、
三、四；……每次當數到四時便快速吸氣。

7.7 改善聲質的練習方法

除上述各種簡單小練習可以幫助腹式呼吸外，我們亦可嘗
試一些簡單練習方法，以改善聲調、聲量及聲質的質素。

聲調

聲調的高低，會因着聲帶所受壓力、長短、厚薄而有所不
同，男性聲調較沉，因為聲帶比女性的略長。

平均一個人的聲調，高與低之間大約可以相距兩個音階。

聲調訓練

選擇自己最好的聲調，通常可以參考自己平常慣用的聲

調，例如與人交談、通電話的聲調，便是自己可以採用的聲
調，因此應多爭取平日溝通時的練習機會。

可透過朗讀不同的文章，將感情投入聲調之中，例如：若
是緊張、興奮，聲調便應提高；若是傷心、嚴肅，聲調則應低
沉。

聲量

聲量的訓練與一個人的視覺、聽覺和發音條件都息息相
關，一般人如果聲量弱小，可能是基於心理或生理的因素。若
你想將自己的聲量提高，除了有正確的腹式呼吸輔助外，亦可
考慮下列各點：

（i）可能由於你沒有集中注意力在聽者身上。

所以在說話時，不妨直接望着對方，眼神停留的地方
間接帶動發聲功能，聲量會自然提高。

（ii）可能你疏忽自己可以發出不同程度聲量的能力。

你可假設自己面對十個人、一百個人或一千個人講話
時，情況會有何不同？

還有，當你與對方是距離十呎、五十呎或一百呎，你
向他說話的聲量又有何分別呢？

（iii）可能你習慣與近距離的人說話。

（iv）可能你未善於運用發聲的器官。

所以說話時，把口張得大一點，配合口唇、牙齒，讓
字音聲量投射出去。

（v）可能你說話的速度太快，令呼吸變得不協調。

所以你可以多朗讀文章，或試講一些命令式的句子，聲量自然會嘹亮起來。

聲質

聲音本身是否磁性，除了天生一副好嗓子之外，後天亦可透過一些練習方法，令自己的聲質有所改善，或將「單薄」的聲質變得「雄渾」，你可嘗試以下的練習：

（1）集中聲調訓練

拿一枝筆，放在距離口部十八吋的位置，集中注意力在筆尖位置，然後發出長而不間斷的聲音「AH」、「OO」、「EE」，試感覺聲音是否將筆尖包圍着。

另一個方法是，用舌頭頂着下顎門牙後位置，輕輕吸氣，就像想打呵欠的姿態，發出長音「AH」，並且將頭部沿頸作三百六十度慢轉，你會感到當頭部轉到不同角度時，聲調會有所不同。

（2）發展鼻腔發音

合上口，長聲哼出「——唔——」，感覺鼻腔和口部的震動。

（3）發展口部咬音

試講「WOO」、「WOH」，強調嘴唇的活動，最好連續講幾次，配合靈活的嘴唇動作。

同時，試講「薄」、「波」、「婆」，保持一段發聲時間，並注意着嘴唇的狀態。

（4）發展喉部共鳴

以打呵欠的嘴型，很慢地發出低沉的「WAN」、「WOW」、「HOW」。

還有一些其他簡單的方法，例如唱歌、讀劇本的台詞，以及留心周圍的人在聲音運用上的技巧，這些對我們的聲線質素，都有一定程度上的幫助。

很明顯的是聲線與說話內容是相配合的，要說話講得清楚，聲量必須適中，同樣地對聲量的控制十分重要，不是大聲就是好，控制自如才是最重要的技巧。

有了足夠的聲線訓練，以及腹式呼吸的支持，說起話來或跟人家理論起來，感覺上會更理直氣壯；要不然，本來你是對的，卻因聲線柔弱，語氣斷續，結果「對」也被誤解為「錯」。

我們相信聲線是可以改善和自我控制的。

第八章

公眾演講概論

　　有很多事業成功的人士，差不多都要面對及克服同一樣的困難，就是當眾演講，面對群眾而能有組織地、合邏輯地說服群眾，更重要的是大家聽得投入，這實在是需要一定的技巧。

　　能夠當眾演講而保持輕鬆的態度，就相等於向人類最大的困難挑戰，英國的《星期日時報》曾經調查人類最害怕的事物，並按先後次序排列，而名列人類恐懼之首的便是演講，死亡也只不過是排第七！

　　演講有人形容是單向溝通，於是出台的時候，便將台下的觀眾視為死物，只自顧自地演說。其實，演講者應該留意台下的反應，雖然觀眾不會像交談一樣與講者溝通，可是觀眾的笑意、點頭、掌聲……都是鼓勵講者的訊息，表示大家在進行雙向的溝通。

　　所以，在台上演說的你，絕對不可以「目中無人」。

當眾演講——向人類高難度挑戰

根據英國的《星期日時報》所作的讀者調查，發覺人類最感害怕的事物，排列依次如下：

第一位　　　　　當眾演講
第二位　　　　　畏高
第三位　　　　　蛇蟲鼠蟻
第四位　　　　　貧窮
第五位　　　　　海洋深處
第六位　　　　　疾病
第七位　　　　　離開人世
第八位　　　　　飛行
第九位　　　　　寂寞孤單
第十位　　　　　狗隻

難怪有人被要求站出來説幾句話時，他會寧死不説！因為死亡只是排第七位，當眾演講比死更難受！不過，如果能夠掌握適當的演講技巧，每次站到台上演説所帶來的成就感也只有當事人才可以親身領略得到。

一個人可以跟一個人交談，跟十個人交談，甚至跟一百個人交談，分別也不會太大，而公眾演講其實就像跟很多很多人交談一樣。不過，講者可以演説一段較長的時間，而中間不會被打擾，能夠跟一個人公開説的話，跟一班人説時在語氣上是

會有所分別，但內容仍然可以像交談那樣親切。

　　演講是有目的、有主題的說話，為了達致目的，演講便成了工具，我們必須面對「它」，亦要集中自己所說的內容，不論你選擇甚麼講題，你的一段說話都會對聽者產生影響，其中包括：

（1）令聽者感到有趣味和娛樂性

　　　例如：講故事、笑話、一些引人發笑的經歷……

（2）令聽者得知最新消息甚至教育群眾

　　　例如：課室上導師的說話、業務報告……

（3）令聽者加強印象，激勵他們的精神感受

　　　例如：領獎禮上的演說、講道……

（4）令聽者信服，甚至改變態度和行為

　　　例如：候選人的演詞、推銷員的介紹……

　　因此，每一次當我們站起來，面對群眾說話時，不妨考慮上述各項演講的目的；要達致上述的目的，最簡單的方式就是說出來。這樣，演講再也不是壓力，而是達致目的的工具了。

8.1　如何選擇講題

　　在為自己選擇講題前，當然要考慮自己的能力，究竟自己在哪一方面比較專長呢？先選擇適合自己的話題是很重要的，因為講出自己所了解和專長的事物，演講時便更有趣味或權威性。而選擇適合自己的講題時可以考慮下列各點：

（1）你的工作

（2）過往的經驗

（3）你的興趣及嗜好

（4）你的信念和理想

（5）你曾研究過的學問

（6）你感興趣的計劃和參與的活動

（7）你的人生願望

（8）你對某些事物的反應和意見

另一方面，我們亦可考慮為聽者而作出適當的話題選擇，因此對聽眾不妨作以下分析，從中或可訂出適合聽眾的講題：

（1）聽眾是普羅大眾還是具有專業知識的人士？

（2）聽眾的數目有多少？

（3）他們的年齡差別有多少呢？（年老的人和年輕人對人生就有不同的看法和感受）

（4）聽者之中的性別是怎樣？是全男性還是男、女混合？

（5）聽者的教育和文化背景如何？

（6）聽者對我所講的話題知道有多少呢？

（7）聽者對自己的資料知道多少呢？

（8）他們會希望我講些甚麼呢？

這些都可以是演講前的一些分析。不過，很多時主辦的單位都早已為你擬好題目，這時候，你要考慮的便是接受邀請與否，然後便是擬好演講稿，預備與聽者打成一片。

此外，亦要選擇一些適合場合的話題。不同的場合，如：聯歡會、奠基儀式、生日會、研討會……等等，相信所擬的講

題一定有所不同。

　　最後便是考慮自己演溝的時間，當然不同的觀點及分析層面可令演講的時間長度有所不同，不過，一般都是不宜太長，除非內容及講者本身具有相當吸引力，聽眾完全投入和集中精神，否則精簡的演講是最受人歡迎的。

8.2　四類不同形式的演講

　　在不同的場合，大家都有機會當眾講幾句話，你或者會選擇以下四種的形式來表達，現在逐一為大家分析：

1. 即場演講

　　在某些場合，例如慶功宴、結婚茶會、義工聚會……都會有可能被人突然邀請出來，臨場講幾句話，這時候你的反應會是怎樣的呢？

　　一般人都會顧左右而言他，逃避，甚至直言說不知道講甚麼，如果司儀再三邀請，而你卻仍然堅持不肯出來講幾句話，那麼氣氛便會因此而大打折扣。在某些場合，更見過有些被邀請的人竟然藉口走入洗手間，又或者將這個「邀請」轉給其他人，令做司儀的十分尷尬。

　　其實被邀請的人應該明白自己之所以被人要求出來說幾句話，一定是有某些理由，例如與當事人有密切的關係，或有特別的經驗心得……等等，因此實在不宜拒絕接受邀請。

　　這種臨時演講的場合，被邀請的人當然會感到不知所措，

不過，千萬不要拒絕，而參加這類聚會前亦應該有些心理準備，萬一真的被邀請，不妨大方地接受，並盡快想幾句簡單而又適合該場合的說話。

面對這種似是毫無準備下的演講，應考慮下列各點：

（1）說話內容不宜太長，最好在三分鐘之內。

（2）不要一開口便說緊張或者不知道要說些甚麼，這樣會令聽眾對你的期望和形象大打折扣。

（3）最好能夠以不同的形容詞，例如：高興、開心，快樂、興奮，愉快……等等同義詞去形容自己的感受。假若你的開場白是：「各位，今晚我很開心，見到大家那麼開心，實在是一個很開心的聚會，相信大家一定會有一個開開心心的晚上……」這樣的開場白必定令人大打呵欠。如果能夠以不同的形容詞配合，說話的效果便大大不同：「各位，今晚我很開心，見到大家那麼愉快，實在是一個很興奮的聚會，相信大家一定會有一個高高興興的晚上……」

即場演講的形式程序可以是：

起立（接受邀請）→ 講出自己當時的感受，解釋為甚麼有這種感受 → 舉一兩件事例去支持這種感覺 → 以另一種形式字句或形容詞去表達較早前所提及的感受 → 多謝各位並返回座位。

2. 死記的演講

有些初學演講的朋友，喜歡以背誦的方法去死記自己的演講詞，其實這是十分不智的。演講時要講求靈活變通，有時

候更要配合即場觀眾的情緒變化，如果只是死唸講辭，只會給人一種不自然的感覺。

　　還有，一般初學演講的人，情緒難免會緊張，而緊張往往會影響個人的記憶力，甚至無法集中（對於保持輕鬆的方法，稍後會有分析），腦海頓時變得一片空白，所以「死記」的演講方式不適合一些初學者採用。

3. 撰稿並讀出

　　某些場合，你所說的演講稿會有專人為你撰寫，廣東話的文字表達和口語表達是有所不同的，所以在讀人家為自己所撰的講稿時，應特別留意自己的口語化問題，否則便會成了「讀」而不是「講」了。

　　其實，英文也是一樣，寫和講在句法上也是有分別的，英國首相邱吉爾準備演講的方法是：先自行撰好第一次草稿，然後逐句寫出來，再修正，之後用錄音機錄下自己的模擬演說，細心地聽，並再作修改，然後才正式向聽者演講。

4. 撮要式演講

　　演講的內容和結構早已準備好，而撰稿時卻並非一字不漏地寫出來，只是將重點以列點的撮要形式寫出來。有些人甚至只擬好並熟記開場白和結尾語，中間不過列出不同重點，這是最佳的演講練習方法。

　　只要你將重點與重點之間，以說話串連起來，你便用不着一直將視線放在演講稿上，眼睛也可多與聽眾接觸。因為是列

點方式，演講時的彈性便更大，對時間的掌握、情緒的反應、氣氛的營造等，也會有較大的信心。

8.3 演講的開始和結束

一般來說，演講的「開場白」需要吸引觀眾的興趣，令大家都投入，引起觀眾想聽下去的方式可以包括：

（1）提出一些統計數字、調查結果去刺激群眾的好奇心。

（2）近期新聞或時事。

（3）講述自己的個人經驗。

（4）向觀眾提出問題。

（5）利用現場環境或一些小道具。

然後，便是演講的主題內容，逐點發揮，有層次和邏輯性，最後便是「結束」，總結可以運用以下的形式：

（1）歸納某些重點，並作出精簡的結論。

（2）作一些明確而又可能性高的預測。

（3）鼓勵或要求聽者將演講主題付諸行動。

（4）提出問題讓大家自我反省。

（5）配合語氣突出重點，並於恰當處停止及結束談話，使聽者留下深刻的印象。

8.4 初學演講者易犯的毛病

（1）一般初面對群眾演說的人，都會犯上一個毛病，就是

一開口便是「er」、「就」、「唔」之類的無意思又拖長音調的單字，或者是內心正在想着說些甚麼內容，而口部卻發出一些聲響以表示自己正在思考。其實，一段說話之內，有太多的無意義單字和拖長的字音，只會令人感到沉悶，說話更因此欠缺流暢。

你可以試用一部錄音機收錄一段自己隨意選定講題的演講，再數數這段說話內出現多少個這些單音字，然後再試重錄，每次要發出「er」、「咁」的聲音時，不妨將口緊緊合着，盡量將這種說話的壞習慣改善過來。

（2）有些人一開口便是「對不起」，當然講錯人名、遲到等都應該道歉，可是一開口便過分自謙，又表示自己準備時間不足，或抱歉未能做好準備功夫，凡此等等為自己開定後門的說話，都不應放在自己的演講稿內，這些說話只會令聽者對你失去信心，這又何必呢！

（3）有些人只會盡力去模仿別人，這樣做你只會成了某人的影子，而且在比較下，你總會覺得自己不及別人好，所以倒不如樂於接受自己。演講者的形象和技巧可以人人不同，適合別人的方法和技巧，未必適合你。

（4）有些人在演講時會拿着筆、銀幣或其他零碎物品，這些東西握在手裏，左右搖動，都會騷擾聽者的注意力，其實這也是緊張的表現，應該集中自己的講題，手上要拿的也只應是演講稿。

（5）有些人演講時，眼睛視線只落在聽者的頭頂或天花板上，又或者只盯住某位聽者，這些都是缺乏與聽者接觸的表

現。其實，可以運用眼睛，先向後排聽者講話，然後逐步移至前排，跟着眼睛自然地由左至右投射，令聽眾感到你是在與他接觸和溝通。

（6）有些初學演講者喜歡用較深奧的字句去顯示自己的學識，例如最近正讀完某經典巨著，少不免便會引經據典，但其實應該避免「拋書包」，盡量以淺白易明的文字，作為演講的基礎。

（7）聽者通常第一眼看見講者，便會形成第一印象，所以儀表十分重要。一般初學演講的人，都疏忽了站立的姿勢；正確的姿勢應該是腳跟貼緊，站直，收腹挺胸，讓雙手自然垂於兩旁或身後，身體重心放在腳跟，若前後腳站立，則重心在後，前腳用作平衡。如何處理雙手呢？這只不過是心理問題，當你投入議題後，手的存在問題便自動消失，聽者也不會去理會你的手。若有講台，可將雙手放在台邊，但切勿靠得太近或藉此作倚憑，同時切記，別將雙手插於衣袋內。

（8）某些演講者會經常作出一些不必要的身體擺動，如果已站好位置，除非有特殊理由，否則不要四處走動。一般行為表現是，身體向前傾表示強調某一點或與觀眾更接近，或者當完成某一論點後，便望向另一方向，以博取所有人的贊同。

（9）凡於演講時需配合某些動作和表情時，切勿心大心小，半途停止，一切動作應完整地表現出來。

（10）不可疏忽對一切電腦、投影機等視聽器材的運用，以免為操作這些機件而浪費時間。

（11）有些演講者臨場會派發一些筆記或資料，但卻疏忽了

會場人數和筆記（或資料）的數量，切記數目必須足夠。如果未能一人一份，倒不如暫不派發以免引起混亂。

　　（12）注意自己的衣著，男演講者西裝一套，或者襯衫西褲便是最標準的了。而女士的衣著則切勿太過性感，閃動的耳環和誇張的腰帶，都只會分散聽者的注意力！

　　還有很多其他的毛病，例如疏忽「咪高峰」的位置、左顧右盼、表情「木獨」等，這些大家都可以從一般演講中觀察得到，最重要的還是多觀摩和自我檢討，這樣毛病便會盡量減少。

8.5　保持情緒輕鬆的方法

　　首先，大家應該知道，就算是職業演說家都會有怯場的感覺，所以「緊張」是一種正常的反應，我們應該承認「它」的存在，面對和設法控制「它」才對。減少緊張的方法：

　　（1）有充分的準備，事前將演講稿擬好，自己多綵排幾次，信心自然倍增。

　　（2）緊張只是一種心理狀態，所以不妨自己告訴自己：「我並非孤軍作戰」，所有坐在台下的人都是我的支持者，他們都在期待着我的說話，甚至可以認為聽眾全都是友善的人。演說時，眼睛望向那些有積極回應的聽眾，或將視線落在一些自己較喜歡的人物，就好像跟老朋友傾談一樣。如此，心情自然會較容易輕鬆起來。

　　（3）演講是達致目的的其中一個方法，所以為了達致心目中的要求，演講這個時候已經成為了「工具」，凡知道自己所為

何事，做起事來信心亦會大增。

（4）演講時集中你的講題內容，有些人會擔心衣著，甚至領帶的顏色，其實這些應該在事前準備妥當，演講時應集中講題。

（5）利用情緒幫助自己，並且在演講的時候，將最好的拿出來，包括自己的聲線、表情、動作，盡自己一切所能，務求做到最好。

（6）當然今次的演講可能對你很重要，不過，千萬記着，你還有下一次機會，無論你出了甚麼錯，第二天太陽仍會升起來，所以不必過分自責。

（7）解除多餘的緊張情緒，例如：膝頭震動、心跳加速、手心出汗；在出場前，不妨在鬆弛方面作一些練習：

（i）立正，手指收緊，全身肌肉收縮，保持這種狀態十秒鐘，然後全身放鬆，重複這程序數次，並感覺其中的分別。

（ii）立正後向前彎曲，使雙臂和頭自然地垂下，並搖動雙臂和手指。

（iii）如果可以對住鏡子更好，裂唇露齒，令頭部肌肉收緊，然後，放鬆面部一切肌肉，以使下顎自然地放鬆。

（iv）頭向下垂，口半開，令下顎接觸頸部，然後沿頸項作 360 度轉動頭部，速度要慢並且放鬆肌肉，同時口部可發出「AH」的聲音，並感覺到頸及喉部在受到不同壓力時所發出的聲音是有所不同的。

（8）站在台上會感到特別「冷」，一方面是因為緊張，另一方面可能是會場的冷氣，不要令自己感到過分「手震腳冷」，出台前不妨多穿一件內衣保暖，以免自己的聲線也顫動起來。

（9）演講前切忌進食有太多茨汁和過多味精的食品，甚至不要飲一般的紙包飲品，因為當中所含的化學物質會令你出場時「痰上頸」的現象變得嚴重，所以清水是最佳的飲料，否則在台上演說，不到三、四句說話便又要清清喉嚨，對你亦會造成一定程度上的緊張。

（10）最後也是老生常談的提示，就是多練習，多累積經驗，有時可以在未有觀眾的講台上站一站，幻想一下自己在演說時的情形，緊張只不過是一種情緒的反應，只要有另一種情緒，例如：興奮、愉快……等等，便可以取代了。每一次出台演說，你應帶着笑臉、懷着愉快的情緒去面對聽眾。

8.6　在互聯網、電視及電台上演講的要點

現今科技發達，互聯網、電視及電台更是生活的一部分，或許有一天，你會運用大眾傳媒去傳達某些訊息，而在電台和螢光幕前演說，不妨留意下列各點，先說電台廣播：

（1）雖然聽眾看不見你，並且沒有即場反應，不過，仍要保持以愉快、親切的聲線演說。

（2）切勿只望着「咪高峰」，因為這樣，你所說的話會變得很生硬，不妨利用幻想，想像自己正與一位朋友交談一樣。

（3）切勿在「咪高峰」前大力揭紙，因為揭紙聲會令聽者的

注意力分散。

（4）與「咪高峰」保持一定的距離，切勿搖擺身體，當你想大聲強調某些句子時，身體應略為傾後。

（5）盡量避免以「大聲」來強調要點，可以運用停頓、高低音調來表達不同的句子重點。

（6）留意廣播時的讀字速度，會比平常説話時較慢，平均每秒鐘為三個字，一分鐘大約可以説八十個字。

（7）確保有足夠或適量的資料去填滿所規定的時間。

（8）雖然聽眾不知道你有稿在手，最好能夠是「講」而不是「讀」出來。

在互聯網或電視上演説，不妨留意下列各點：

（1）直接望向鏡頭，盡量避免望左望右，或眼光散亂。

（2）身體盡量避免作不必要的擺動。

（3）將工程人員、現場工作者都視作不存在。

（4）坐直身體，切勿沒精打采。

（5）自然地擺動雙手，但小心勿因手部動作而遮蓋面部。

（6）與在電台廣播時一樣，不要想着有一大群觀眾，只想着一兩位好朋友正在你面前聽你「談話」。

不論在互聯網、電視或電台上演説，都應該表現大方得體，尤其在電台説話，更應留意説話速度切勿太急促，在互聯網或電視上如果真的忘記了台詞，大可以大方地拿出稿來閱覽，用不着閃閃縮縮偷看稿件；總之，若自己感到説話時是自然舒適，觀眾和聽眾都會有同感。

結語

　　演講訓練同樣是一個人的信心訓練，正如大家都同意，能夠克服演講時的緊張，對於一個人所產生的成就感是很大的，加上現今這個社會，當眾說話已經是經常會有的事情，能夠掌握演講技巧，實在是專業成功者的一項必備條件。

　　演講時最重要的是親切，切勿以專家身分、高高在上似的在演說，要知道，演講時台上台下的人都在進行溝通，彼此的意念相通，才能產生共鳴。一位親切的演講者，應透過演講與群眾建立關係，說服群眾。得到與會者的支持，相信是演講者最大的滿足。

第九章

如何當司儀／大會主持

　　作為一個大會主持比作為一位演講者，實在難得多。有關演講時要注意的地方，當你擔任大會司儀時，同樣要留意；除此之外，還要再多準備一些其他的事項。在此章內，我們會對這方面作深入淺出的探討。

　　一般來說，我們已經將司儀和主持混為一談，其實若細加分工，司儀可以說只是大會儀式上的一位宣佈員，他只是將每一個項目的名稱、負責人物的姓名、程序……等等宣佈出來，其間用不着加入任何個人的訊息和意見。多年前到香港演出的中國藝術表演團體，他們的司儀就只是出來宣佈：「節目一，雜耍！」然後便返回後台，到最後便是多謝各位觀眾，但相信大家心目中的司儀不會只是做一位宣佈員的工作。

　　而大會主持所要具備的條件更多，我們在電視螢光幕所看見的綜合節目主持人，便要講求反應，營造氣氛，又要親切、冷靜，因此我們已經將司儀和主持的工作混合為一。假若不刻意細加分工，我們所指的司儀，一般就要像一位站在台上的主

持，他要能兼顧台前幕後，而且說話流利，同時又能令大會產生熱烈的氣氛……司儀實在不是一件簡單的工作。

一位司儀最好兼備下列的條件：

- 氣定神閒，熱烈投入。
- 信心十足，充分準備。
- 全力以赴，集中精神。
- 處變不驚，隨機應變。
- 知識豐富，口齒伶俐。
- 大方得體，配合形象。
- 控制時間，掌握得當。
- 有責任感，進退有據。

當然還有更多其他的條件，未能盡錄。不過，不要被這些條件難倒，只要你勇於嘗試，已經是成功的第一步。

9.1 認識司儀／主持的工作

或者你會認為自己未必有機會站在台上，為一個晚會擔當司儀的工作，其實當你了解一個司儀要做的工作時，在日常生活中，你也是一位非常重要的司儀。

一般司儀要負責的工作包括：宣佈、介紹、串連、解釋、交代、製造氣氛、帶動觀眾的情緒和反應……等等。

同時，司儀亦可算是代表了主辦機構的一位發言人，他所說的每一句話，都代表了主人家的意思，所以應該表現得親切和投入，就算他是邀請來擔任司儀工作的「外人」，也必須要和

主辦單位保持默契。

司儀又要對整個儀式或晚會的程序有充分的了解，節目的程序，每一項細節，有關人等的職銜和姓名，他都要瞭如指掌。

司儀站在台上，是擁有一定的權威性、親和力、說服力和影響力，這樣台下的觀眾才會被他帶動，依他指示而作出反應，這一點也可說是司儀最大的挑戰和最大的滿足感。

試想一想自己在日常生活中，有與當司儀相同的情況要自己去面對的嗎？

答案當然是有的。

假如你身為主人家，招呼朋友到你家中坐，相信最清楚整個程序的便是身為主人家的你。客人一到，你會先招呼他們坐下，安排飲品，甚至準備了相片簿，以及消閒娛樂，總之務求有一種熱鬧的氣氛，你絕對不希望有冷場出現。時間夜了，你亦會提醒客人聚會快要結束，還會為他們安排離去時的交通問題，只要你細心想想，主人家招待客人的工作，和做司儀其實是差不多。還有，身為旅行團的領隊、小組領袖、教室內的導師……等等，都是要兼做司儀的工作，所以能夠掌握司儀技巧，間接令自己成了一個充滿生活樂趣的主持人。

9.2 做足事前準備工夫

我們相信充分的準備，是信心的保證。作為一個晚會或儀式的司儀，必須在事前做足準備工夫，其中要加以考慮的因素包括：

（1）活動性質

（i）　大會的目的是甚麼？

（ii）參加者會屬於甚麼階層的人，數目多少？

（iii）因着大會目的及參加者所引發的全場氣氛，會是輕鬆抑或嚴肅呢？

（iv）注意不同場合、儀式、性質，對司儀的表現皆有影響。

（2）場地及服裝

（i）　戶外——一般的戶外活動都會要求司儀表現得更有活力，服裝會來得較隨便一點，如果是日間舉行的活動，更要留意熾熱的陽光會令自己汗流浹背，不妨考慮加上一頂太陽帽及穿上輕便的棉質衣物。

（ii）室內——活動性質來得較嚴肅，一般在晚間舉行的晚會或儀式會有較隆重的感覺，相信套裝或西裝是女司儀或男司儀最常準備的服裝。

（iii）不論是室內或室外活動，舉行的場地對司儀的工作是有影響的；場地環境如何配合舉行的時間，以及參加者的背景，都是要先加考慮的。

（iv）服裝往往以大方得體為主，最好能與大會主題配合，例如是T恤牛仔褲的民歌結他晚會，相信司儀絕對不適宜穿得太隆重了。

（3）節目程序

（i）　為了令自己更全面掌握和配合大會的要求，程序表必須事前取得，有程序才可以進行串連的工作，甚至安

排某些營造氣氛的效果。

（ii）程序表同時影響司儀稿的編寫方針。

（4）司儀稿

（i）一般晚會或儀式，司儀稿或者會有人代寫，最好能事前收到司儀稿，細心熟讀，因為司儀稿內的尾句提示（cue），同時是其他工作人員（例如：燈光人員、音效人員、嘉賓、演出者……等等）的配合暗號。

（ii）如果由自己撰寫司儀稿，最好亦交由大會負責人過目和批准，以免產生尷尬場面。

（iii）司儀稿內的內容或對話，要考慮是否配合自己的形象；若有修改或異議，應向大會或撰稿人提出。

（5）出席嘉賓

（i）所有出席的嘉賓姓名的正確讀音，應該事前弄清楚。

（ii）最好對所有出席嘉賓的背景有認識。

（iii）小心臨場出席嘉賓的名單會有所改變，所以在出台前的最後一刻鐘，再肯定一次與會的嘉賓姓名。

（6）儀式程序

（i）對所主持的各類儀式典禮應有清楚的了解，例如：剪綵點睛、簪花掛紅的儀式、授旗儀式……等等，都有特定的程序進行，必須小心注意，以免鬧出笑話。

（ii）若有疑問，最好向大會負責人查詢，間中主禮人會有特別的要求和安排，這便得隨機應變了。

（7）拍檔主持

　　（i）　大會是否為你安排了拍檔呢？

　　（ii）單獨主持司儀工作和與拍檔一起合作做司儀，要求是完全不同的，最好能與拍檔先作傾談，做好配合的工夫。

　　（iii）拍檔和自己在台上的分工情況亦要考慮。

　　在接受司儀工作之前，你實在要先考慮以上各項因素，能夠愈早及愈詳盡地掌握所有資料，對你即場的表現是有很大幫助的。

9.3　司儀拍檔的配搭

　　在台上的司儀數目，最常見的是兩人拍檔，當然亦有單人甚至以小組形式出現的司儀團。一般來說，一個人獨力主持大局的司儀工作，理論上會比起有拍檔的來得較容易處理，原因是：不論在司儀稿的發揮，時間的控制，如果一個人當司儀，這些都比較容易控制在自己的掌握之內。不過，如果是有拍檔，便應考慮以下各點：

　　（1）必須要有司儀稿，因為彼此的對應、串連與介紹、氣氛營造……等等，完全要在對話之間表露出來，所以說話的節奏和合拍，都要有一定的準則，因此司儀稿確需要有。

　　（2）除了緊記自己部分的司儀稿，更要記熟對方的說話內容，並留心對方所講的一切，以免產生「牛頭不答馬嘴」的情況。

（3）緊記尾句提示，以方便對方可以知道自己甚麼時候完結自己的説話，避免「搶咪」及重疊對方説話。

（4）性別配搭

（i）最常見的是一男一女的配搭：

男的角色，通常會是講述一些略嚴肅及硬性的資料，代表大會官方宣佈一些消息。女的角色，會是代表觀眾的反應，提出問題，並與觀眾作出相呼應的表現，是帶動氣氛的重心人物。

當然兩者之間的角色扮演未必有硬性的規定，不過兩人同時要十分清楚大會的性質和程序內容，舉凡與大會有關的資料，大家都不能説：「不清楚！」

例如：

男：「拍檔，你知不知道今晚大會安排了哪位嘉賓表演呢？」

女：「不清楚！」

男：「那你又知不知道跟着是哪項節目呢？」

女：「不如你跟大家介紹吧！」

這些都是一對拍檔司儀不應該出現的對白。

（ii）男與男的拍檔

最好將大會資料平分，讓兩位男司儀平均講述，同時可借助個人性格、外形及説話時的語氣態度來突出不同的形象。一般來説，都會是一個較為莊重，而另一位則走較輕鬆詼諧的路線。

（iii）女與女的拍檔

一般大會司儀極少採用兩個女性作為司儀，但若採用此形式，仍要注重角色分配，其中一人可以嘉賓身份出現，甚至可以作為節目程序的一部分。

（5）有拍檔的時候，態度應該更親善，尤其面對緊張和沒有經驗的司儀拍檔，更不應該表現煩躁和不滿，最好能互相鼓勵和支持。

凡有某些臨時「爆肚」的説話，不妨考慮拍檔的反應，否則便要適可而止，以免影響對方的情緒和表現。

除非有默契或事前準備，否則不宜向拍檔胡亂發問問題，以免令對方處於尷尬的情況。

總之，要全力支持對方，司儀拍檔的合作性就好比人際關係的相處一樣！

9.4 建立個人形象

一個站在台上的主持人，他的言語用詞、外表衣飾、站立姿勢等，都會給人一種直覺的印象，由你從後台步出來的一刹那，觀眾已經開始在評分了。

現在只要我們隨意舉出某些司儀名字，你便很容易將這些司儀歸類，其中有些以説不文語見稱，有些以模仿公眾形象、盡情諷刺見稱，有些以「木獨」見稱，有些以親切誠懇見稱……你認為自己可以以甚麼見稱呢？

對形象這個問題，差不多所有人都認為千萬不要模仿，世

界上最好的司儀就是做自己，這樣才來得自然；不過，如果以一位初學司儀工作的人來說，他大可以選擇某一位或者多位的成功司儀，作為學習的對象。另外，每次看電視的大型表演，甚至社區會堂的公開演出，都會有司儀出現，只要你多觀摩、多比較，去蕪存菁，從模仿中再改良，自然可以創出自己的形象。

你大可以選擇走平實不誇張、輕鬆健康等不同的路線，最好自己能夠不斷吸收新事物，豐富自己的表演才華，也許你會發覺，今天的主持，不少還要唱歌、跳舞、表演小魔術，司儀的出場亦是節目的一部分。司儀形象的外在影響因素，包括有服飾、外形、衣物的配搭、手勢和步姿、面部的神情……等等，而內在的因素則包括：説話的用詞、內容、個人修養，甚至表達的語氣等；內外因素的結合，就構成個人的形象。

最後，要確立自己在台上的形象，還是要跑到台上去找，經過時間的累積，經驗豐富之後，也許每次在台上所需的形象，你都能掌握自如。

9.5　出台前的準備工夫

司儀在後台等候出場，尤其在正式開始前的十五分鐘，是最難受的，我們可以把演講所提及的保持輕鬆方法作參考，並提示自己可以注意下列各點：

（1）情緒集中，無須過分緊張，甚至可以與後台的工作人員閒聊一下，當然要記着腹式呼吸的運動和功用。

（2）飲料最好是清水，食物以簡單為主，配以合適的衣物，若感到冷，可多穿一件內衣保暖，最好能多帶一套後備衣服，以防萬一需要時，可以替換。

（3）熟記部分大會資料，例如大會名稱、出席嘉賓姓名，並且留意有否更改，尤其第一個項目的負責人或表演者，是否已到場作好準備，否則是否要作節目調動呢？最好能唸熟頭五句的司儀稿，以免開口便説錯話。

（4）出台前不妨再留意自己的儀容，還有服裝是否整齊。

當一切準備就緒後，時間亦已接近，晚會立即開始，當你步出台前，這時候的你，情緒應該是最高漲和投入。若要整個人保持在最佳狀態，事前的準備工夫做足，當然是成功的因素之一。

但從後台走到「咪高峰」前，這段説長不長的路，如何可以更能改善台風，增加對觀眾的吸引力呢？

由後台步出前台司儀位置的時候，步伐不可輕率，雙手不可作太大或無謂的擺動，面部應面向台下的觀眾並保持微笑。

當站在司儀咪前，請將視線投向觀眾席，同時讓全場掌聲平靜下來，才開口説話，在等待開聲的幾秒鐘時間內，可以與觀眾微笑，切勿急於開口。

站立的姿勢，切勿太誇張，雙腳分開的距離不應太闊，腳跟的距離最好與自己的肩膊成垂直，將注意力集中在司儀稿內容，那麼「雙手」的心理負擔便會減輕，而雙手的擺放位置也會較自然。

説話的語氣應該親切和肯定，除非大會要求，否則司儀有

固定的台位及出場路線，以便更能吸引台下觀眾的視線。

　　有關改善台風的其他要點，大可參考下一節有關初任司儀易犯的毛病，相信對台風的改善及形象的建立，有一定的幫助。

9.6 初任司儀易犯的毛病

　　以下各種毛病是從多處不同的場合，細心觀察台上司儀的表現，然後作出的總結，雖然未算完備，但亦可作為參考。

　　（1）忘記介紹自己。有些司儀，從節目開始至結束，都沒有提及自己的姓名，其實最好能夠令觀眾知道在台上說話的人的姓名，以增加親切感，並使觀眾更投入。

　　（2）出台後，還再移動「咪高峰」的位置。一般司儀的「咪高峰」是在固定位置的，除非稍後節目時間內會有其他用途，否則「咪高峰」的高度應該是在節目開始前已經校正好；切不要以手拍打「咪」作為試聲方法，因為「拍咪」所造成的噪音，直接影響觀眾的耳朵以及損害「咪高峰」的零件，最好是事前已試好音量標準。

　　（3）對時間的掌握失去預算。太早結束節目當然不好，可是晚會超越限時亦是不適當，有些場地只要主辦單位過時十五分鐘，便要另外補錢，如果因為司儀太多說話，而令主辦者增加支出，實在是不必要，因此不要過時，最好能準時開始，準時結束。

　　（4）場面控制的技巧不足，以致出現冷場。

　　（5）說話的內容未能與大會性質配合。例如做一個畢業典

禮的司儀，竟大講黃色笑話，試問有誰敢作反應，這樣子愈説得多，氣氛便愈尷尬。

（6）讀錯字音，甚至連人名也説錯。這種毛病最易糾正，只要出台前查閱清楚，便可避免。

（7）説話速度太快，令咬字不清，語句欠缺説服力，給人一種「趕收工」的感覺。

（8）未能將緊張的情緒控制下來，結果在台上表現得張皇失措。

（9）由於未能專注於司儀的工作上，以致「口頭禪」多了，連虛字和一些沒意義的説話都被運用作為「拖」的技巧，結果令氣氛沉悶，影響觀眾的投入感。

（10）在台上不要經常左顧右盼。這是不必要的動作，應盡量避免。

（11）在節目中作無謂道歉。在台上除非必要，一般皆不會以「自己準備時間不足」為藉口，先行向觀眾道歉，因為此舉有損形象，同時一定要有破釜沉舟的精神，工作才會表現得好。

（12）缺乏與觀眾的接觸。尤其眼睛視線只放在天花板或者東張西望，都是不適當的。

（13）姿態欠自然。不論任何人，除有特別要求外，在台上擔當司儀工作的，雙手絕不應放入衣袋內。而女司儀亦不宜將雙手放在身背後，因為一般觀眾不大接受這種女強人的形象。

（14）小動作太多，並且經常擺動身體。

（15）説話時語氣平淡。如果不開放自己的聲音領域，説話由始至終都沒有改變，説話便會顯得平凡、沒有吸引力，更

何況在台上，不同語氣的運用實在需要。

（16）不小心處理司儀稿。若有司儀稿，最好預先寫在小卡紙上，若時間不許可，則可以將稿拿在手，不過稿所放的位置，一定不可以在嘴與「咪高峰」之間，因為這會影響聲線的傳遞。

（17）自己的情緒未能與現場氣氛配合，結果表現得馬馬虎虎，應該學會控制情緒。

（18）推卸責任。最不應該是推卸責任，例如頒錯獎、宣佈錯的名次，都會引來噓聲，司儀站在台上，是代表主辦單位，若有出錯，最好大方地承認。

9.7 如何營造氣氛

情緒和氣氛是可以互相感染的，你站在台上擔任司儀，如果想要會場有一種輕鬆的感覺，自己先要有愉快的心情，保持笑容，加上情緒投入，台下的觀眾才會被你的一言一笑所帶動，輕鬆的氣氛便開始。

（1）自己先要有相應的情緒，保持興趣和投入，將自己也當成是大會的一分子。

（2）不要因為太緊張或過分認真而忽略了面部表情，保持微笑是最佳營造氣氛的工具。

（3）利用手勢，配合身體語言，往往一個動作，一副表情，會令觀眾更有共鳴。

（4）能夠與觀眾有共同感覺，實行共同進退最好。

（5）視乎現場環境，加入一些即場或即興式的說話。

（6）利用適當的停頓，好等觀眾有機會作出反應，例如：笑、鼓掌……等等。

（7）事先安排某些驚喜或出人意表的事和人物出現。

（8）可以透過某些遊戲，例如：問答比賽，不一定要設獎品，只要說明輸的一方會被罰，那麼同樣可以產生競爭的氣氛。

（9）司儀是帶動者、必須先鼓掌，先笑，帶動群眾。

（10）甚至可以製造「良性的」噓聲，一般會是適度自我誇耀的說話，甚至自嘲都會帶來觀眾的反應。

很多時，場面氣氛的營造，都可以在撰寫司儀稿時先擬好，因此營造氣氛，需要鋪排。如果有一位好的撰稿人加上創意，晚會的高潮是可以預期的！

9.8 如何撰寫司儀稿

撰寫司儀稿的人不一定是編劇家，不過，最好能喜歡創作，甚至可以將自己代入有關的司儀人選，配合應有的形象，而寫出合適的司儀稿。

間中你還會既任司儀又兼撰稿員，那麼不妨留意下列各點：

（1）了解一切有關的大會資料，這個資料搜集的步驟是必須的，包括：大會主題、主辦機構、舉行地點、嘉賓名稱、參加者類別、表演項目、大會節目程序……總之愈詳盡愈好。

（2）寫稿時要以第一身述說，以司儀本身的感受為主。

（3）不宜太多說話，最好是簡而精，能製造高潮。

（4）若需要司儀說不同的方言，必先徵詢司儀是否懂得。

（5）如果需要某些道具配合，要通知大會預先準備。

（6）注意幽默與諷刺只是一線之差，要小心處理。

（7）盡量避免重用同一橋段，應該加以變化。

（8）當提及有關任何資料性的內容，必須肯定所述的資料正確無誤。

（9）如果可能，應該經常與大會負責人及司儀共同商議司儀稿內容。

（10）字體端正、簡潔、清楚的司儀稿，可以令司儀更節省時間和更容易明白內容和要求。

總括而言，司儀稿的內容必須要與大會的性質相符。不過，司儀稿只可作為基本的參考，很多時，站到台上面對觀眾，便需要司儀有個人的急智，以便應付某些突如其來、甚至是尷尬的場面。

9.9　臨危不亂的急智

身為司儀應該具備沉着冷靜的性格，面對某些尷尬及突如其來的場面，仍可以臨危不亂，將尷尬的場面輕鬆帶過。

例如：一位表演者的「咪」忽然間壞了，而他當時正在表演歌唱，身為司儀，應立即從後台攜同另一枝「咪」，迅速走到表演者面前，簡單的說一句：「你試試這枝咪吧！」然後便和他交換「咪」，用不着長篇大論的解釋，因為觀眾已經目睹一切，他

們需要的是繼續看表演，而不是想聽你的解釋，你肯迅速從後台跑出來換「咪」，已經是最好的交代！

無論在台上發生甚麼事，如「咪」壞、結他線斷了，身為司儀都應以第一時間，為台上的人解決困難。

又例如在身旁的司儀忽然問一條你不懂回答的問題，如果你說不知道，那實在太尷尬；這時候，你可以不慌不忙地將問題轉移到觀眾身上，你可以嘗試說：「這條問題不單我感興趣，相信其他人也一樣，不知道有誰想猜猜答案呢？」

通常站在台上的你，不應該表現得近似無知，如果每逢遇到問題時，你的答案都只是「不知道」、「不清楚」，這會使觀眾對你的形象大打折扣。

在一個民歌晚會上，表演的項目有十個，不過每一項表演都是平平無奇，有些觀眾已經有離席的念頭，當你要繼續介紹下一個項目時，你可以說些甚麼呢？

如果你說：「大家終於『捱』了三個項目啦，跟住……」我想觀眾會發出會心微笑，不過，對表演者就有很大傷害。

如果你說：「今晚的節目十分精彩，跟着會有另一個精彩的表演……」我想「精彩」這兩個字已經失去了意義，甚至你再說「精彩」兩個字時，觀眾還會喝倒彩呢！

這個時候既不可以說節目精彩，又不能夠彈節目，你可以選擇這個答案：「各位朋友，今晚是一個很難得的晚上，今晚的表演和你們平常觀賞的天皇巨星演唱會不同，因為每一個人都以真誠的態度為大家表演，而表演者和你們一樣，有自己的工作，但仍利用公餘時間，參加今晚的演出，就單是這一種積極

參與的精神，已經值得大家再鼓掌！」

　　司儀不單要懂得用詞，在面對左右為難時，更應負上教育觀眾的義務，以上的一段說話，就強調了晚會的另一主題，將觀眾的注意力放重在參與、合作、真誠等層面上，節目是否精彩，已經不再是焦點了。

　　總括來說，面對某些尷尬場面，司儀最重要的是有直接和簡單的反應，能夠有急智去面對當然最好，不過，主要還是要多站在台上，累積經驗；有了經驗，自然會充滿信心。

第十章

傳媒應對技巧

傳媒的功能之一是監察社會，向公職人員問責；報道市民關注訊息；採訪企業或社會相關人物；另一方面，市民亦更多利用傳媒作為投訴渠道。

利用投訴監察社會內部運作，可作為進步的動力，而傳媒就有如一面鏡。

當然，今天的傳媒不再局限於為民喉舌，還會提供各種資訊，報道社會現象，滿足大眾的求知慾。

10.1 為甚麼要接受傳媒訪問

接受傳媒訪問，不是因為上司指派，不是因為某報記者苦苦追逼，也不是因為你要被動地回應甚麼或辯護甚麼。

接受傳媒訪問是因為你認識到傳媒巨大的影響力，而透過傳媒提供詳盡事實及充足論據，是有其正面的意義。

接受傳媒訪問是因為你要主動地：

（1）傳達正面訊息

（2）解釋公共政策

（3）消除公眾誤解

接受傳媒訪問，不是一個要應付的場合，而是一個機會；這個難得的機會，讓你透過傳媒傳達正面訊息，你的工作不是應付傳媒，而是面對傳媒。

10.2　訪問前的準備工作

（1）關鍵是你有沒有主要訊息

訊息要正面，具前瞻性，傳達訊息時對受害者（如有的話）表現關懷和諒解的態度。

以電子傳媒為例，主要訊息要精簡（30秒至1分鐘）、完整而流暢。

首先把主要訊息（core message）寫下來，以重要性分先後。

（i）　訊息不得多於三個。

（ii）精簡訊息。訊息寫下來之後，再增刪潤飾，並把訊息簡化至每段不長於30秒（以正常談話速度，30秒相當於150字）。

（iii）每一段訊息應具備完整意義，獨立成章。

若時間許可，把精簡後的訊息多讀一兩次，但不必一字一句背誦，以免失諸自然。

（2）正視問題

列出最不想作答的問題，把答案寫出來，其他程序或可省

略，這個工序必不可省。

（3）模擬問答

請你的同事幫忙，模擬記者的角色，向你提出尖銳的問題，模擬問答也是一個練習機會，可增強你的信心。

自我評估在模擬問答的表現，可以考慮：

（i）有沒有把主要訊息流暢而精確地表達出來？

（ii）答話是否流於冗長？

（iii）面對尖銳問題時是否動氣動怒？

（iv）有沒有至少一至兩句特別精警的句子？

（4）重點聲明

可參考主要訊息的內容而擬定出應對傳媒時的重點。

重點聲明就是機構希望向傳媒發放的訊息，也是機構高層的觀點。

（5）如實回應（Tell The "Truth"）

這是指就個人所知和相信的事實，以誠信的態度回應問題！

不過，更真實的是到底甚麼可以發表，甚麼應該保留。

是顧全大局抑或揭露真相？這只有當事人方能作判斷。

10.3　回應問題的技巧

（1）轉移角度：就是稍稍虛應對方問題之後，利用轉接語句，轉移到一個你要傳達的訊息。

問：你不要以為一句道歉便可了事，我認為你要賠償市民
　　的損失！

答：（a）賠償的問題由於涉及多方面考慮，不是我說一句
　　　便可決定。如果市民提出賠償的要求，我們會依法審
　　　慎考慮。

　　（b）我同意，一句道歉不能解決問題。

　　（c）因此，我們……（正面訊息）……

在上述答案中，（a）為虛應；（b）為轉接語句；（c）為主
要訊息。

轉移角度過程中，不必重複對方問題的負面字句，甚至即
使是否認對方指控，亦毋須重複負面字句。

雖然準備好了幾個訊息，但對方總是不問，沒有機會表
達，這時，便要把握機會，甚至一開始便爭取主動，陳述已準
備好的主要訊息，方法包括：

- 「在回答你這條問題之前，讓我先說明一個重要的原
　則……」

- 「你這個問題，正好提醒我，有幾點，必須先要交代清
　楚……」

- 「在討論誰是誰非之前，有必要弄清楚幾個簡單的事
　實……」

（2）重申要點：就是把說話分為二至三個重點，並在回應
的第一句便表明。

「關於這個問題，我有兩點看法……」

「這個政策的推行，考慮到以下兩點……」

重申要點有以下優點：

- 條理分明

- 防止打岔；萬一對方在你未説完二至三個論點之前打
  岔，你仍可以禮貌地要求繼續未完的論點，例如：「對
  不起，可否讓我先講完剛才的論點……」

對方偶爾打岔，可以稍為提高聲線，並繼續説話；經常打
岔，可以靜默 1 至 2 秒後，再接剛才未完的論點，或轉移角度。

刻意打岔，只能禮貌地提出抗議。

但你的論點不宜過長，否則迫使對方打岔。

（3）立刻糾正錯誤：如果對方的問題包含錯誤的假設，又
或者資料錯誤引伸，你沒有必要強吞或強忍，你可以禮貌地指
出對方的錯誤，並提出正確的看法。請記着：態度要誠懇有禮。

（4）跳出封閉問題：所謂封閉式問題就是答案局限於非是
即否，又或者訪問者只給你極少的選擇，要求你從幾個極不理
想的選擇中選一個，這時候，你應該跳出這封閉的問題，直接
説出對方問題的根源。

（5）解釋拒答原因：如你不能回答個別問題，不一定要回
答，不過，與其説無可置評、無可奉告，倒不如解釋你不願回
答的原因。

（6）避免使用術語：如有必要使用術語，亦應解釋或稍加
説明。

（7）利用救生泳圈：一時之間想不出答案，可以利用已經
準備好的主要訊息作回應；大多情況之下，你只講了十多秒，
已經想到答案。

（8）爭取緩衝時間：例如要求對方重複問題，又或者由你澄清對方問題的重點。

（9）控制談話節奏：對方快，你不必跟着快，否則愈急愈容易出錯。當對方步步加快時，你的回應可以慢一點、清晰一點，改變談話節奏可使你重新掌握主動地位。

（10）長話亦要短說：最忌喋喋不休，應盡快三言兩語，點中要害。

10.4　應有的態度和表現

訪問過程有時會觸及一些你工作範圍以外的問題，你不能代人作答，也不能推搪塞責，應對方法可以是：

- 「你的問題雖然不是我的工作範圍，但我可以搜集更多資料後再解答……」；或者
- 「你的問題雖然超越我的職責範圍，但我可以徵詢負責的同事，相信他會樂於提供更多的資料……」

（1）接收／回應傳媒查詢的技巧

- 誠實。
- 任何情況，決不發怒。
- 對社會上的弱勢社群，要關懷及體諒。
- 不要拿性別、種族、宗教來開玩笑，重視平等觀念。
- 避免口舌之爭。
- 不要輕率把責任推在傳媒身上。

- 除少數例外（例如：所有媽媽都是女人），避免使用「所有」、「每一個」等全稱法。
- 最重要的還是：誠實。

（2）認錯還是堅持己見？

拒不認錯、堅持到底當然不是良好態度；相反，承擔責任、勇於改過才是良好態度。

尤其不可取的是，事情還沒有弄清楚之前，便急於推搪塞責。

不過，認錯與否這個判斷只能由你來做，因為你掌握實際情況，而且責任亦由你承擔。

積極的做法是詳細檢討現行處理方法，找出問題根源，謀求改善措施，避免問題重演。

當然，因為出錯而引致不便，為此致歉，並承諾詳細跟進，這是應有之義。

即使決定了道歉，但道歉之前，要做兩件事：

- 有沒有即時及長遠的改善措施？
- 致歉是否會引致法律責任，這便需要尋求法律意見。

最後，要強調：很多人以為憑藉應對技巧，可以扭轉乾坤、反黑為白，絕非如是。

機構有失誤，只能承認，並承擔後果，謀求補救；而良好的媒介關係及應對技巧亦只能協助你把損失或傷害減低。

10.5　接受傳媒訪問、面對攝影鏡頭時注意要點

在螢光幕前、攝影鏡頭下接受訪問，不妨留意下列要點：

（1）要以愉快、親切的聲線說話，保持輕鬆笑意。

（2）切勿只望着「咪高峰」或講稿，因為說話會變得很生硬，不妨利用想像力，好像與朋友交談一樣。

（3）切勿在鏡頭前大力揭稿紙，因為揭紙聲會令聽者的注意力分散及失儀。

（4）切勿搖擺身體，注意坐姿，切勿沒精打采，保持穩定的聲量。

（5）盡量避免以「大聲」來強調要點，可以運用停頓、高低音調來表達不同的句子重點。

（6）留意廣播時的說話速度，會比平常說話時較慢。

（7）有足夠或適量的資料去填滿所規定的訪問時間。

（8）雖然你有稿在手，最好能夠是「講」而不是「讀」出來。

（9）除非有訊息向觀眾交代才需要直接望向鏡頭，否則把視線投放在記者方向，不必刻意凝視鏡頭，盡量避免左顧右盼，或眼光散亂。

（10）將工程人員、現場工作者都當作不存在，雖然他們會在錄影過程中搬運佈景和四處走動，最好把注意力集中在回應問題上。

（11）訪問完後，仍保持原有狀態，直至工作人員示意結束為止。

傳媒應對實例

例子一：口罩反轉佩戴

　　2020 年 12 月，食物及衞生局局長出席記者會期間，被傳媒發現，將口罩反轉了佩戴。

　　她在記者會上被問到是否將口罩前後反轉了，她以手觸摸口罩，並無作出回應。

　　直到記者會結束，有傳媒再問她，為何戴錯口罩都不回應，以及會否擔心有播毒風險，她沒有回應就離開了。

　　建議處理方法：

　　（1）發現戴錯口罩，應先感謝記者的關心提示。

　　（2）表示自己太專注準備記者會內容，忙中有錯，自己未有察覺。

　　（3）鄭重指出正確戴口罩十分重要，所以要求大家稍等兩分鐘，馬上退席去換一個新的口罩，並正確地佩戴。

　　（4）之後再繼續記者會，並表示欣賞記者們認真的態度。

　　（5）會後檢討，可提醒秘書或近身同事，往後出席公開場合，目測及檢查口罩佩戴是否有出錯。

　　面對記者提問，一般最好有問有答，「無可奉告」已經被確定為最不智的答案，不作回應亦不是好的公關手法。

例子二：零晨圍封

　　2021 年 1 月，因新冠肺炎疫情嚴重，政府採取圍封檢測措施。在記者招待會上，記者問民政事務局局長為甚麼在零晨四點立即圍封，他回答：「因為怕居民逃走。」輿論認為用詞不當，為甚麼要用「逃走」來形容？其實可以用「離開」！

　　另外，在應對技巧上，可以不把焦點放在市民上，回答可以是：「圍封行動刻不容緩，應該做的就要馬上做！」

　　如被追問：「既然刻不容緩，為何是零晨四點？為甚麼不是下午四點？」

　　回答建議：「這是根據事態進展和有關準備的部署工作而做的決定。」

　　應對記者提問，需要考慮以大局為重，或如何避重就輕。

第十一章

求職面試應對技巧

生活中，往往一條很簡單的問題，也會令自己啞口無言，例如：水為甚麼可以把火弄熄呢？除非你對燃燒的原理有一點認識，否則，你又會如何回答這條問題呢？

答問題是日常生活的必有程序，一早起床開始，便要面對家人、同事、朋友、情侶、長輩等人的問題，其中有些問題會影響到你與朋友和親人的關係，甚至在工作上的成績，所以回答問題的技巧，實在是不容忽視。

在這一章內，特意選擇了求職面試時常會遇到的問題，並且大膽假設答案，希望能夠舉一反三，讓大家明白答問題的技巧。

11.1 面試特質

在求職過程中，面試實在是一個不可缺少的步驟，一般來說，面試是僱主與僱員之間的初步接觸，透過面談大家可以互

相了解，進一步肯定自己的意向和要求。

其實，面試和交談在形式上沒有太大分別，都是雙方透過說話互相交流；不過，一般人對面試都感到有一種壓力，甚至為前往面試而緊張，這或者是因為對面試的特質未加分析，當了解其中的特質後，便知道有這種感覺其實是正常的。

面試有以下特質：

（1）面試氣氛通常比較嚴肅，僱主與求職者的態度亦會較平常認真；間中，求職者還要以一人應對兩、三人以上的主考小組。

（2）面試是有特殊目的的會談，例如求職面試便是為得到職位，而希望說服對方、交換資料、推銷自己……等等。

（3）面試過程中，並須作出決定。

（4）決定權落於某一方，某方便處於心理上較佳的位置，雖然聘請的決定權並不在求職者身上，但求職者仍有對工作的選擇權。

（5）面試會在指定的時間及在有限的時間內進行。

（6）甚至在指定的地點進行。

（7）而且因為要針對主題目的，求職面試一般說話內容彈性會較低。

在上述種種的限制情況下，求職者自然會感到情緒緊張。不過，情緒緊張只是一種反應，如果不加以控制，便只會令自己表現得張皇失措，相反能夠利用情緒，便會使自己表現得更有自信。

11.2　全方位個人裝備

1. 基本概念

（i）　了解自己，充分相信自己的資歷符合公司的需求。

（ii）　現在不是前往乞求一份工作。

（iii）提醒自己在未來的工作中，自己可以做些甚麼，須對自己的工作能力有信心。

（iv）不必過分憂心是否能夠得到這份工作。

（v）　事情有充分的準備，包括有關新工作的資料搜集。

（vi）面對未來僱主時，必須清楚你和他只是普通的人際關係，不必因為他的身份而感到緊張。

其實要好好控制緊張的情緒，最重要的還是靠自己，別人提供任何的意見和方法，歸根究柢，還是要靠自己去實踐出來，從過去經驗所得，自信心來自：充分的準備、正確的知識和經驗的累積！

大家不妨從這三方面去裝備自己，這一章我們也循這途徑去幫助大家建立自信心。自信心只是一種觀念，極其抽象，只要你相信自己可以，那麼達到「可以」的機會便極高。

2. 充分準備

（i）　個人最新的資料如簡歷表，面試前應再重新檢查一次，這些是填寫申請表和面試時必備的文件，內容可包括以下項目：

姓名、地址、電話、年齡、出生日期、出生地點、

國籍、身份證及旅遊證件號碼、婚姻狀況 (配偶姓名)、子女數目及年齡、學歷及訓練 (包括各公開考試的成績)、專業學會資格、社會服務及貢獻、過去工作經驗、特殊技能 (打字速度、外國語言、專業技術等)、諮詢人 (最好有兩位認識三年以上的朋友，專業人士更佳)、興趣和嗜好。

(ii) 考慮下列問題：

- 自己最感興趣的是甚麼類型工作？自己的工作目標 (甚至人生目標) 是甚麼？
- 以往在學校和社會參與過的活動對工作有否幫助？
- 以往的職業、社交、學歷是否有一些出色的成就呢？
- 自己擁有甚麼特殊的技能呢？
- 自己的工作態度會是怎樣呢？

(iii) 應有心理準備，面試時會考驗有關工作的才能，例如：速記、打字、電腦操作等，準備一些以往的工作證明或製成品，這些都是表現你工作能力的證據。

(iv) 為自己準備好一篇自我介紹的文章，或者先列出一個大綱，特別注意「訓練與工作能力」這部分。

3. 正確知識

(i) 你可能會被問及：「為甚麼你會選擇替本公司工作呢？」所以，對有關求職公司的資料，應先進行資料搜集的工夫。

（ii）求職公司的目前狀況、規模、歷史、財政狀況、經
　　　營方針、與同類型公司的分別⋯⋯。

（iii）求職公司的組織和行政架構。

（iv）求職公司的產品或服務面對的競爭情況、一般人對
　　　該公司的意見。

（v）該公司會僱請多少人？有沒有新入行的在職訓練？
　　　對薪金、升職、員工福利等措施又如何？

（vi）以上資料可從該公司年報、報章雜誌，甚至在該公
　　　司任職的朋友處得到。

（vii）分析本身工作職位的特質，包括：職責、工作有否
　　　前景？是否需要特殊知識和訓練？

4. 經驗累積

（i）對初步入社會的學生來說，工作經驗可以說是空
　　　白，不過，我們可以透過前人經驗的分享，加強這
　　　方面的認識和信心；當然，如果有經驗更好，經驗
　　　的累積會令我們表現得更大方得體。

（ii）提早出門，早十五分鐘到達面試場地。

（iii）觀察四周環境、建築物及寫字樓的情況，熟悉環
　　　境，心情也會較輕鬆。

（iv）保持均勻的呼吸。

（v）假若那一天是雨天，入會客室前先安頓好一切已濕
　　　的雨具。萬一接待處職員表示沒有衣帽間，大可將
　　　這些東西放進洗手間，以免見工時出現尷尬情況。

（vi）步入會客室時，應保持微笑，告訴自己是一個積極的人，步行速度不要太急促。

（vii）開場白一定要簡單和友善，一句「早晨！」或者「你好！」已經足夠。

（viii）如果接見你的是女士，最好等對方先伸手出來，才好握手。

（ix）直至對方請你坐下，你才可坐在指定的椅子上，勿將椅子作太大動作的移動。

（x）坐直，集中精神，切忌沒精打采。

（xi）若主考人枱上放有任何書信、文件，切勿閱讀或將視線停留其上。

（xii）注意坐姿，減少不必要的小動作。

（xiii）答問題時，發音須清楚，而且說話速度要適中。

11.3 問題分析和分類

　　一個人的說話內容和問題分析能力，都與他的個人知識和修養有關，所以在學習分析問題前，首先應保持一份積極和熱愛生活的態度，凡事都保持興趣，多吸收新知識，了解新事物，這是裝備自己思考和分析能力的基本要素。

　　在求職面試中，求職者當然要在回答問題時表現得自然流暢，內容不過分謙卑也不自吹自擂，同時不可忽略的是，主考人可能會觀察你的行為、態度、語文能力、責任心、醒覺性、觀察力、分析力、坦白程度、幽默感、普通常識……等等。

因此在面試時除了一般會出現的普通問題外，有時候某些問題是另有目的的，對面試者來說更應小心處理。

例如：

（1）自由發揮的機會

有時候，主考人會簡單地說：「你可以自我介紹嗎？」

主考人可能是不知從何問起，所以用這問題來開始，以便在你的答案中引伸其他有關的問題。

切勿長篇大論，最好能將事前準備的資料在一至二分鐘內表達出來。

（2）提出難題

主考人會提出一些向你工作能力挑戰的問題，例如：「你對處理青少年問題很有經驗，如果要你處理退休工人甚至老年人的工作又如何呢？」

所謂難題，其實也和你未來的工作有關，你大可假設自己有朝一日升職時面對新難題的處理方法。

（3）諮詢評語的問題

主考人或會拿出一些公司的產品、圖片、資料……等等，問你的意見（有時甚至要作出比較和批評）。切勿吞吞吐吐，應爽快決定並清楚說出見解。

主考人會有興趣觀察你回答問題的方式多於說話的內容。

（4）感到尷尬的問題

尷尬的問題可以包括：

「你喜歡你以前的僱主嗎？」

「兩份工作，你會喜歡哪一份呢？」

通常這些問題在回答時可以顯示出你的個人性格，以及處事態度。

（5）玩弄把戲的問題

「假如有一百個申請人，你會將自己排列於第幾位呢？」

這些問題在於考驗你的機智和應變能力，因此答案的內容並非很重要。

其實在未前往面試前，最好先擬好一些問題，想想如何應對，只有多練習，才可以減少壓力和尋求解決問題的方法。

11.4 自我介紹的重點

自我介紹，可以說是一個自由發揮的機會，也可以是在面試前一些開場白式的對話。雖然問題很普通，但如果沒有準備，說得前言不對後語，便會令主考人懷疑你說話的可信性。

問題的形式會是：

（a）「請你自我介紹一下。」

（b）「你可否再告訴我一些你的資料嗎？」

（c）「你目前的工作是甚麼呢？」

在回答類似的問題時，不妨先考慮下列各點：

（1）是一個發揮自己長處的機會。

（2）強調自己過去與目前工作的關係。

（3）不可長篇大論，最好在兩分鐘內結束。

（4）隨時準備在回答時被中斷和追問。

（5）避免小組遊戲式的自我介紹，語氣應來得鄭重，內容主要針對自己的工作能力和表現。

（6）就連公餘的興趣最好也和工作有關。

（a）及（b）的模擬內容可以是：假若你的工作與秘書行業有關。

「……我中四的時候已經是班會秘書，後來大學時加入了學生會工作，亦是擔任秘書，因而對秘書工作產生興趣，畢業後便進修有關秘書訓練課程……公餘時間，我喜歡打羽毛球和游泳，我覺得一位秘書應該有健康的體魄和靈活的身手方可處理日常的工作……。」

回答問題（c），一般人都只會說出自己所工作的行業名稱，例如只簡單地回答：「文員！」或「會計！」這些答案都不能令主考人對你加深認識，也太簡單和未能突出自己。

大家在這些自我介紹式的問題中，不妨多想一些與自己長處和潛質有關的資料，多一點資料，便多一分了解，我們不要誇張，但總要站在欣賞自己的角度去想。

11.5　新舊老闆的比較

上司和下屬在工作上的合作和相處，確實是一種人際關係的技巧。另一方面，人的一生可能會轉變多次不同的工作環境，於是對於一些轉換工作環境的求職者，主考人便會向他提

出一些有關新舊老闆的問題。

這一類的問題也可屬於一些令人感到尷尬的問題，例如問及有關自己過去所服務的公司，你如果大加讚美，似乎對於自己的離去便難自圓其說，若大加批評，又有一點似是「來說是非者」的感覺；還有一點，過分詆毀自己的舊老闆並非一件好事，因為新老闆和舊老闆可能是朋友！新老闆亦不敢聘用你，怕他朝你離職時會如此數落他。

問題的形式會是：

「你喜歡你以前服務的公司嗎？」

「為甚麼你要轉工呢？」

「甚麼原因令你選擇我們這間公司呢？」

在回答類似問題前，不妨先考慮下列各點：

（1）不要正面批評任何前公司的職員或老闆。

（2）轉工的原因很多，選擇一些對自己有利的因素。

（3）將答案內容集中在自己身上，在處理上會較容易。

（4）切忌對新公司大加讚譽，因為這種答案可能被誤會有奉承之嫌。

（5）主考人可能會觀察我們的反應，因此面部表情和體態要配合自己所說的答案內容。

模擬內容可以是：

「一個人工作最重要開心，怎樣才可以做得開心呢？當然是自己的工作能力受賞識，所以加入新公司後，我深信自己的工作能力一定可以得到進一步的發揮！」

這個答案能夠令應徵者避過了批評前公司的情況，同樣暗

示了自己離開公司的原因，答案表面並無任何直接傷害別人的字眼，但主考人卻明顯可以接收到應徵者的訊息。

這類答案最適合用來應付那些令人感尷尬的問題，回答時切忌面露尷尬神色。

11.6　工作年期與轉工

天下無不散之筵席，打工仔和老闆的關係也是一樣。不過，老闆通常都希望自己聘請的僱員能夠忠心耿耿，盡力為公司服務，否則一旦訓練好一位人才又流失，實是公司的損失。為此不少公司都有某些福利制度，以求令僱員能長期服務！

東方人和西方人在工作上的觀念似乎有些不同，東方人較注重僱主與僱員的關係，雙方只要合得來，一般都會服務下去，而且亦會以在公司的工作年資長而感自豪。相反，西方人講求工作的多姿多采，愈多公司聘用自己便表示自己工作能力愈受欣賞，而且轉變工作也是一種生活的藝術。

在面試時，可能會遇到這樣的問題：

（a）「你打算在本公司服務多久呢？」

（b）「你可以解釋過去經常轉工的原因嗎？」

在回答類似問題前，不妨先參考下列各點：

（1）沒有人可以肯定將來發生的事，所以不便作任何年數的承諾。

（2）不要表現得無可奈何，甚至消極地放棄回答，因為有某些理由是你可以肯定的。

（3）轉工不是犯法的事，用不着去掩飾。

（4）想想將一些看似對自己不利的缺點化成優點。

回答問題（a）的模擬內容可以是：

「每一個人都需要工作，所謂做到老學到老，一個人工作只要開心，工作能力受賞識，在甚麼公司服務也沒有分別！」

這答案反映出工作年資的形成因素並不是一句幾多年便幾多年，也表示出人和工作年資長短的關係。

回答問題（b）的模擬內容可以是：

「過去一直在找尋自己工作的興趣，經過多項不同的工作，終於找到了……，而過去由於有不同性質的工作經驗，這對目前我要面對的新工作，也有一定程度的幫助！」

這答案表現出多轉工，不同性質的工作經驗，正好是目前工作所需，回答類似的問題，最重要是從好處着想！

11.7　如何討價還價

從工作中換取得來的報酬，最現實的莫如工資，有些人工作可能為了興趣，有些人卻只為金錢，如果兩者都能兼顧，那當然是最好不過。

事實上，所有工作職位，都有它的價格存在。一個普通文員的薪水當然比不上一個主任，而主任的人工當然及不上一個經理。由此可見，對一個工作崗位的重要性，一般衡量的方法會以薪酬的多少作為標準。

而制訂出薪酬的多寡，往往基於不同的因素，包括：學歷、專業資格、工作年資、責任、危險程度、工作時間、人才欠缺的程度……等等，所以，在見工的時候，一定要知道所申請的職位的薪水大約多少，方可取得合理的待遇。

談及金錢，似乎給人一種很市儈的感覺，如果你真的有這種感覺，那麼當與僱主討價還價時，你便會失去了說話上的說服力和肯定的語氣；當然在申請政府職位時，薪酬問題便再用不着去煩惱，因為入職起薪點已經預先編排好。心理上應該接受的是，我的工作才能是可以換到一定數量的報酬，這是一種現實，為任何人工作，也應該取得合理的工資。

不過，老闆和僱員對工資的看法稍有不同，尤其當你申請私人機構職位，由於往往沒有薪俸標準，薪酬似乎是由僱主與僱員彼此磋商。站在僱主立場，當然希望可以用最少的錢請到最好的人才；站在求職者立場，當然希望可以愈高薪金愈好；於是，兩者之間便形成了一個距離。

偏低的工資可以是僱員工作情緒低落的因素之一，與其他日埋怨自己人工低，倒不如在求職時，爭取合理的薪金。

僱主可能會向你提出類似的問題：

「你認為有多少薪金才願意為本公司服務呢？」

在回答此問題前，不妨先考慮下列各點：

（1）不應將主動權放棄，即不可以說：「依照貴公司一般的處理方法，這職位多少錢便多少。」

（2）不可以故意將薪水數目提高，以期待僱主會還價，有時候你的頂級數字，已經嚇怕了未來老闆，連再討價的機會也

沒有了。

（３）照常理，你不會刻意提出偏低的薪酬吧！

（４）你要讓僱主知道你心目中的要求數目。

（５）不要說一個肯定的數目，因為無論是多少，都可能被對方壓價，就算你說的是合理數字。

（６）這是一條對你頗不公平的問題，因為僱主對這職位的薪水實際上已心裏有數，現在要由你去估計，倒不如將這個「球」拋回給他吧！

（７）決定權交由僱主的同時亦要保有自己的要求。

回答這問題時，不妨先考慮自己心目中的薪金數目，例如是一萬四千五百元，那麼便在此數目前後各加五百元，於是模擬的答案內容可以是：

「我認為一萬四千元至一萬五千元之間，我都會接受！」

這答案的好處是自己仍可表達一個心目中的數目，同時因為是一個「數距」，僱主仍有餘地去選擇，這時候便輪到僱主去決定了。

一般人都可能會選擇中間數，如果僱主回答你是一萬四千八百元，那麼可能是僱主十分欣賞你，而你亦可得到較多的薪酬。相反，如果僱主回答：「那麼，一萬四千元你認為如何呢？」

假設你希望僱主明白你想加多一點點，你大可如此反問：「請經理可否再詳細告之未來的工作範圍呢？」

這時候他便會由你的工作性質、責任、程序等詳述一次，在他講解完畢，你便可以緊接地說一句：「嘩！那麼工作壓力也

頗大！」或「咦！工作量亦相當繁重！」

　　相信稍為「醒目」的僱主都會知道是甚麼一回事。

　　有時候，如果是偏低的人工而你仍想接受這工作，那麼你一定不要令僱主認為你對工資是無知的，要接受也要有某些理由，以免僱主請你是因為你「便宜」。

　　你大可以提出其他因素如：工作環境、員工福利、升職訓練機會……等等問題，由僱主再詳加解釋，然後你可以將答案包裝為：

　　「如果一萬四千元人工，但加上公司所提供的福利和訓練機會，在試用期間我是會接受的，不知道公司方面的試用期多久呢？」

　　在嘗試過其他的因素，到最後才提出試用期是比較合適的，而這個答案亦表現出你對合理工資的認識和要求。雖然仍與你心目中的數目有距離，但卻說明了這只是暫時性質。

　　當然有關工資問題，應該先由僱主提出，否則在面試末段時，你亦可有禮貌地詢問。

11.8　拒絕回答的技巧

　　一般求職者在面試時，都抱着有問必答的態度，但間中在某些問題上懂得拒絕回答之道亦甚為重要。

　　假設你是一位電腦從業員，由甲公司轉往乙公司，可能乙公司會利用面試的機會探聽同行之間的情況，因此作為一位轉工求職者，一日未離開自己的公司，仍要為自己的公司保守秘密。

所以，當你感到自己的答案可能涉及公司的商業秘密，便可以不必回答。

問題的形式可以是：

「就以你對電腦的認識，如果我給你（某些）配件，你可以在設計上作出甚麼突破呢？」

這題目表面看似考驗你的能力，如果你真的回答一切所知，乙公司便可能製造出類似甲公司的設計。在此情況下，你可以直接了當地表示：

「我覺得這與我目前的工作有直接關係，基於商業秘密，我不能回答；不過，如果你聘請我，我當然會將這『知識』運用在貴公司。」

這個答案顯示出求職者懂得守秘密，或者未來僱主會因你不回答這問題而對你印象深刻！

人不可能事事皆知，當遇到一些不懂得回答的問題，應該坦白承認；不過，在説話包裝上亦有一定的技巧。

例如當你前往應考公務員，主考人或者會問你有關掛在牆上的人物相片是誰，很多時，若準備不足，便會變得啞口無言；不過，在承認自己「不知道」的同時，不妨試試將答案説成：

「對不起！相信你都知道一般大學生忙於功課又要應付考試，所以大都不太留意周圍的事物，其實我也察覺這並不十分正確，我希望加入此部門後，能夠了解上述人物，成為一個關心社會的人！」

這種答法可以説是「同歸於盡」的方法，實行把其他同背

景的應徵者拉成同一地位，不單自己不知道答案，其他人和你也是差不多，而且你所說的也是事實，或者未來僱主亦會體諒你！

凡遇上不懂回答的問題，切勿支吾以對，或慌慌張張，應迅速做一個決定，用平實的語氣回答，這樣說出來的答案會更具說服力！

11.9　出乎意料的問題

每個人對於事物總會有自己的主觀看法，間中有些問題是需要你去表示自己的意見，這時候如果你的意見與主考人不同，便會造成意見上的衝突。

當求職者應徵有關政府某些部門的工作時，可能會遇上類似的問題，例如：「你對香港沒有執行死刑的制度有何見解呢？」

回答這問題前，不妨先考慮下列各點：

（1）無論是贊成或反對執行死刑，都會引起一定程度上的爭論。

（2）有些甚麼方法會比死刑更有效呢？

回答這問題的模擬答案可以是：

「這個問題可以說是觀點與角度，我認為一個人失去自由比死更慘，而且要判決一個人死刑亦要考慮很多因素，所以目前雖然沒有執行死刑，但其實也有其可取之處！」

這答案的第一句提出觀點與角度，主要是提醒主考人，任

何人皆有談論意見的自由，然後再提出「失去自由比死更慘」，試圖表示出「死」並非極刑，所謂不自由毋寧死，從思想的層面上突破了贊成或反對死刑的局限。

不要忘記，有時候主考人會發問一些出乎意料、毫無邏輯的問題，這時候，你更應該發揮出流利的應對技巧，問題的形式可以是：

「某小姐／某先生，如果我現在告訴你，公司不能夠聘請你，你會怎樣呢？」

回答這問題的一般反應和應考慮的要點：

（1）切勿反問甚麼原因，因為對方可以假設任何理由，而且一提出反問時，便似有質問感覺，破壞和洽氣氛。

（2）不要說這是公司的損失，因為是哪一方的損失實在很難定斷。

（3）切勿發怒，甚至表示有被整蠱的感覺。

（4）留心問題中的「如果」兩個字。

（5）不要將這「悲劇」歸咎於任何一方。

（6）切勿有另尋別家公司的消極想法。

回答這問題的模擬內容可以是：

「這純屬機會的問題，如果今次我未能夠得到這個機會，下次我仍會繼續爭取！」

這條問題是屬於假設性的問題，所以切勿被問題表面字眼誤導，應該採取樂觀又沉着的態度回答，答案所提的「機會」用不着去多解釋，反正這問題主要是看應試人的反應和處事態度。

11.10　作最後決定前須再三考慮

面試的目的除了希望可以得到該職位之外，最好能令僱主對你印象深刻，這樣將來受賞識及升職的機會才會高。

面試的尾聲當然是結束。有時候你需要回家等候消息，間中某些僱主如果對你特別欣賞，可能會即時要求你簽署合約，那麼你內心自然感到興奮萬分，皆因求職目的已經達到！

不過，專家認為一個人在情緒最高漲和最低落的時候所下的決定，事後多會後悔！

除了要清楚了解合約的內容（內容應包括：聘用日期、職銜、起薪點、試用期限、工作時間、職責、過時補水計算方法、每年大假、花紅或雙糧、醫藥津貼……等等），更應考慮自己是否決定得太快！

若你是剛步出校園，可能會有數份工作需要去面試，如果貿然決定，事後自己或會感到後悔。

若你是一位轉工者，在未辭職前便簽訂另一份僱員合約，實在不智，皆因舊老闆可能會挽留你，甚至會有其他更好的機會。因此，在作出簽約的決定前，必須讓自己安靜下來，再三考慮。

若遇上某些僱主要求你即時簽約，你應該盡力要求回家考慮清楚才簽。以下是可能會出現的對白：

老闆：「你各方面皆很適合公司要求，這份合約也準備好了，請細心看看，然後簽署吧！」

求職者：「我希望回家看清楚內容才決定！」

老闆：「啊！倒不如現在看清楚，有不明白的地方大可問我，我反正有空，慢慢看吧！」

求職者：「……其實我需要先辭工才可以簽新合約！」

老闆：「不要緊，你需要一個月通知僱主，我很明白，這份合約你簽了吧，反正是下個月十五日才生效！」

求職者：「……」

老闆：「這合約是公司財物一部分，你不可能帶回家裏細閱！」

求職者：「……」

老闆：「你還要考慮些甚麼呢？」

相信這位求職者一定會被老闆逼得透不過氣，最後或會即時簽約，其實即時簽約也沒有其麼不妥當的地方，如果你相信自己的眼光和對公司的判斷。不過，有時候是你想拒絕簽約又或者想認真考慮，那就不得不用「回去考慮」這方法了。

大家不妨嘗試用以下的方法，加上認真的態度和沉實的語氣回答：

「公司希望可以找到好的僱員，而我則希望找到一份好的工作，所以我想再三考慮，星期三上午九時，我會作出決定！」

這答案表示出互相需要的道理，同時令老闆感到你不是一位衝動派，絕不會簽了約但試用期還未過便貿然離職的那種快熱又快冷的人！另外，你在答案內還指明在甚麼時間可以決定，這清楚表示了你的態度！

當然你大可利用這段時間去考慮清楚，甚至到期限前通知他的秘書，你決定不簽合約了！

11.11　主考人在想甚麼

身為應徵者對前往面試會感到緊張，其實主考人同樣會為準備面試而感到有壓力，在這一節我們試將位置倒轉，讓大家了解主考人對面試的要求和準備工夫，以求達到知彼知己。

主考人認為在面試中：

（1）目的希望找到一位合適的人選。

（2）向申請人介紹公司及講述有關職責，還要解答申請人一些難答問題。

（3）面試時將工作性質解釋清楚，讓申請人自行決定，可減少日後工作人員的流失！

（4）藉此「宣傳」公司，無論對方是否會錄用，都要留給他一個好印象。

主考人會在面試前所準備的工作：

（i）職位分析

評核表內應有此職位的工作範圍、時間、職責、特別要求，還可包括：體能、專業訓練、經驗……等等。

（ii）評選方法

集中在該職位所需要質素，考慮申請人是否合適，其中包括：普通知識、外形、聲線、喜好、情緒、組織能力……等等。

評核表內不應包括誠實程度、忠心、合作……等等這些要長時間才可觀察到的質素。

（iii）預備地方

面試應安排在整潔、安靜的私人辦公室內，並暫時隔絕外間電話聯絡。候見室和申請人離開的地方最好分開，以免上一位申請人離開面試地方時的態度和情緒直接影響下一位申請者。

（iv）分配時間

若人數太多，應計劃如何甄選，盡量在每一申請人之間留有時間讓自己寫上簡單報告及評語！

（v）臨場表現

- 表現有信心與申請人建立融洽和親善氣氛。
- 申請人在信內所提及的教育或訓練資格應加以檢查和核對。
- 測驗申請人的技能。
- 向申請人清楚講解與工作及公司有關資料，包括工作本身的困難之處。
- 向申請人所許下的任何承諾，必須付諸實現；若承諾一個月內有答覆，便必須將通知信在一個月內寄出。
- 不要令面試公式化，可不時改變問題先後次序。

（vi）最後關頭

特別留意面試快完之前的幾分鐘，當對方情緒放鬆下來時，談吐可能不那麼慎重，而在握手道別及步出門口的態度和動作中，也可能會察覺到一些很重要的提示，因而更了解申請人的性格。

現在你應該知道主考人其實壓力也不輕，大家只是透過面

試增進了解和看看是否達到彼此心目中要求。在某一個程度來說，大家是平等的，因為雙方都有權去選擇和拒絕。

　　要令自己面試有信心，最佳方法還是找朋友設計一些模擬的面試題目，自己多練習、多研究，應對的信心和說話的技巧便自然會有進步。

如何面對小組面試

　　小組面試通常是由六至十個求職者組成一組，針對面試官給出的問題在特定的時間內進行討論，最終就討論內容達成一致，統一觀點後向面試官匯報。

　　面試官並不參與討論，他們全程旁觀求職者的表現，考查團隊中每位求職者的邏輯思維、語言表達、組織協調、團隊合作、抵抗壓力等各方面的能力。

　　小組面試的淘汰率相當高，一般是在十個求職者中錄取兩位或三位，所以很多求職者面對小組面試會感到壓力更大。

小組面試的步驟

　　小組面試時間一般是 40 分鐘至 1 小時，主要分為以下五個步驟：

1. 規則介紹

　　面試官會先介紹是次小組面試的相關要求，接着求職者抽籤、入場，面試官宣讀面試規則和相關要求。

2. 自我介紹

　　每位成員輪流進行自我介紹，一般每人 1 分鐘，整體 10 分鐘左右。

3. 提綱準備

　　分發小組面試材料，面試者馬上閱讀材料，準備發言提綱，一般為 10 分鐘左右。

4. 小組討論

　　求職者就問題開展自由討論，一般為 30-40 分鐘，面試官觀察每個人的表現並作出記錄，但不會干預討論過程。

5. 匯報總結

　　小組推薦一名代表或成員自薦，向面試官作總結，匯報整個討論的過程及結果。時間一般為 3-5 分鐘。

　　小組面試之所以難，就難在它的不可預控性、不確定因素實在太多了。

小組面試的成員角色及職責

　　一般來說，小組討論有五個角色，分別是主管者（leader）、計時者（timer）、記錄者（recorder）、匯報者（reporter）和小組成員（member）。

　　每個角色承擔的職責各有不同。

1. 主管者

　　負責主持小組面試的整體流程，引導成員發言，協調

團隊，讓每位成員都能充分發揮自己的作用，確保小組高效有序討論，並達成共識。

2. 計時者

負責根據面試總時間安排小組討論節奏，但不單是計時，還要協助主管引導小組討論的方向，防止小組成員離題。

3. 記錄者

負責整理討論的記錄、總結歸納，並向組內其他成員提供記錄結果。

4. 匯報者

總結出整場討論的核心觀點與最終方案，並用有邏輯、有條理的語言進行闡述。

5. 小組成員

全程積極參與討論，提出建設性觀點。

角色的選擇很重要，要根據你的性格、優勢等進行選擇。在討論中最重要的，是你要掌控住你的角色，有效推動討論的順利進行並達成目標。

小組面試的題目分類

小組面試中討論的問題，常見的可分為以下五類：

1. 開放式問題

這類問題沒有標準答案，只要你思路清晰、邏輯嚴謹，有自己的觀點和見解，能夠自圓其說即可。主要考查求職者的邏輯思考、語言表達能力。

2. 排序式問題

這類也是常見問題，常見的是對備選答案的重要性進行排序，列出先後次序。主要考查求職者分析問題、抓住關鍵的能力。

3. 兩難問題

這是封閉式問題，讓求職者在兩個互有利弊的答案中選擇一個。你不僅需要考慮如何證明自己的觀點，還要考慮對方可能有甚麼觀點，如何去反駁對方觀點。主要考查求職者分析能力、表達能力以及說服力等。

4. 資源分配問題

這類問題主要是讓求職者對於有限的資源進行合理分配，不僅考驗你的語言表達能力、分析能力，還考查你的發言的積極性和反應的靈敏度。

5. 材料分析問題

特定一個情境事件的問題，讓小組根據這些材料和信息，討論出解決方案。主要考查你的分析能力、邏輯思維能力。

　　每個小組面試的問題都沒有標準答案，求職者可以放下壓力，輕鬆討論，面試官考查的是你在討論過程中的表現。

小組面試注意事項

1. 準備自我介紹

　　團體面試有自我介紹環節，這是你給面試官留下第一印象的關鍵時刻。你的介紹一定要簡潔，顯示個人的優點。

2. 切忌沉默寡言

　　在自由討論環節，你絕不能全程很少發言，甚至一言不發，一定要積極參與討論，貢獻自己的見解。只有積極主動，才能被面試官看見，得到關注。

3. 切忌過度表現

　　積極主動也要有限度，不能過度表現。講得滔滔不絕，卻說不到重點，反而惹人生厭。

　　面試時若人人都爭先恐後表現自己，場面爭論激烈，這時候，最好的方式就是冷靜下來，找準時機再發言，說出關鍵的、有創意的觀點或建議，讓面試官印象深刻。

4. 演好自己角色

　　每個角色都有自己的職責。如果你是主管，就要掌控全局，引導好團隊，你是甚麼角色，就要扮演好你的角色，履行好自己的職責。

5. 試後檢討改善

　　小組面試後，無論自己表現得怎麼樣，你都要檢討一下自己，哪些地方做得好或做得不好，這樣才能在下次面試中改正。

第十二章

聆聽智能和職場溝通技巧

現代職場管理中，溝通是重要的一環，如果缺乏溝通，無論是同事之間、部門之間或對內、對外都會容易出現問題，令日常運作困難重重。

正確的溝通最好是雙向或多向的，做到上情下達、下情上達，減少上司和下屬間的誤會，並可令員工更投入工作。

究竟一位職場工作人員每天如何進行溝通，他在聽、講、讀、寫上大致是怎樣分配時間呢？

根據《Management World》統計資料，8 小時的工作時間，溝通形式的分佈平均為：聽佔 3 小時、講佔 2 小時、寫佔 45 分鐘、讀佔 1 小時、非言語的活動佔 1 小時 15 分，這些溝通形式會在工作會議、與員工交往、部門間訊息傳遞等等情況下配合運用。當然職場溝通的目的，亦在於「傳遞」和「接收」訊息，其中「聽」和「讀」是接收的主要技巧，而「講」和「寫」是傳遞訊息的途徑。

原來聆聽是佔最多時間的溝通方式，如果可以做到用心

聆聽同事的説話，並作出適當的提問，不但能鼓勵同事表達意見，也是建立職場和諧溝通的基礎。

記着在聆聽時：

（1）不要胡亂插話。

（2）以眼神接觸、點頭動作鼓勵對方繼續講話。

（3）當對方結束談話時，提出跟進的問題。

（4）專注對方的説話內容。

（5）保持情緒穩定，切勿因某些説話內容而過分表現出情緒起落。

你願意聆聽，不單是對人的尊重，也會令同事對你產生好感，從而建立和諧的職場氣氛。

12.1　聆聽智能

不少行政人員都會投訴自己的員工沒有真正聽清楚工作指示，結果令公司有所損失。事實上，不少上司亦因為下屬「不聽話」而着令調職，究其原因，也許是員工之間未能真正掌握聆聽的技巧。

在工作期間，上司若能扮演積極的聆聽者，往往會更受同事歡迎，可惜大部分的人喜歡「講」，而不甚喜歡「聽」，當你在「講」的時候，便沒有辦法「聽」，習慣了只是「講」，漸漸便喪失了「聽」的能力。

一個人喜歡重複説同一件事物許多次，卻不喜歡聽同一件事物多過一次。

　　似乎大家對聆聽採取了較為主觀的角度，就是只喜歡聽自己想聽的話，這種選擇性聆聽，更會令你有聽而不聞的情況，「無心裝載」，結果造成許多人際溝通、工作同事之間的誤會和不滿。

　　事實上，一般人都很容易忘記對方的說話內容，這種聽而不聞是一種極普遍的現象。很多年前，在美國明尼蘇達大學（University of Minnesota），密西根州、俄亥俄州及佛羅里達州的研究人員，開始了一項有關人類聆聽能力的測試。

　　應邀參與測試的人，包括學生、專業人士、生意人……等等不同階層及性別的人士，在開始「講座」之前，每一個人都清楚知道，在講座之後，需要回答一些有關講座內容的問卷調查，所以每一個參與者都聚精會神地聆聽。

　　在講座結束的時候，立即進行訪問。結果，每一個人平均只能記得一半的內容，再相隔四、五小時之後，記得的內容更少過一半。到了第二天，再接受測試時，只記得大約三分之一的內容，甚至只剩下四分之一。而這個下跌率還會持續，一般人到最後只會記得整段演講的一至兩成內容。

　　從上述測試可以解釋到，為甚麼單靠聆聽並非最佳傳遞訊息的方法。在工作會議中，就算時間控制得宜，語言表達準確，很多時聽眾仍然是未能完整地接收，所以，輔以文字報告，亦理所當然，不過在聆聽智能（LQ, Listening Quotient）方面的認識又有幾多呢？

不妨試答以下十二條LQ是非題：　　　　　　是　　　非

1. 聆聽同事説話是一種十分自在不費神的過程。　（　）　（　）

2. 當同事説話模糊不清時，我不會強迫自己去　（　）　（　）
   了解説話內容。

3. 為了更清楚內容，不管同事説罷與否，也會　（　）　（　）
   打斷提問。

4. 我從來不會打斷上司的説話，就連簡單的字　（　）　（　）
   句，例如「是」、「明白」也不表示。

5. 當聽到下屬説出令我不贊同的説話時，我會　（　）　（　）
   立即在腦海中組織反駁的理由。

6. 當上司説話時，我會特別留意他是否有「言　（　）　（　）
   外之意」。

7. 透過留心聆聽之後，我能於工作會議之後，　（　）　（　）
   複述會議中所討論的大部分事項。

8. 當我加入同事間的閒談時，我會立即問他們　（　）　（　）
   之前正在談論甚麼。

9. 聆聽時必須全神投入。　　　　　　　　　　（　）　（　）

10. 聆聽時發現同事重複內容，我會示意他們盡　（　）　（　）
    快結束談話內容。

11. 我應該有耐性等待下屬把話説完。　　　　　（　）　（　）

12. 我只有喜歡的事物才聽得入耳。　　　　　　（　）　（　）

答案：問題 1 至 6、8、10 及 12：否
　　　問題 7、9 及 11：是

答對問題的數目愈多，表示你深懂聆聽之道及具備語言溝通技巧。

上天賜予人類兩隻耳朵，一個嘴巴，也是希望我們多聽少說。其實，聆聽這種溝通方式，是人類最早發育完成的，在母體之內的新生命，已經可以接聽到外界的聲音。

想令同事或下屬多講意見，感到受尊重，首先是閉上自己的嘴巴，同事自然會開口，多聽等於多吸收資料，有輸入自然在講（輸出）的時候，會言之有物，更具影響力。

12.2　敢於提問有助分析

職場內每日均有許多不同的工作任務、事件交代、業務發展⋯⋯種種情況都在挑戰員工們的工作潛能。每當上級作出事件或工作的匯報指引之後，往往都會向眾人提問：「大家有甚麼問題請發問！」大部分的表現都是鴉雀無聲，沉默面對。你會否也是其中一位，不知道如何發問，或者根本不知如何應對呢？

要提升個人的職場潛能，其中一項重要的因素，就是勇於提問題，以表現出自己有信心和主動投入工作。因此面對上級要表現出個人認真的工作態度，懂得發問問題，尤其是有建設性的問題，可以突顯個人的職場魅力。

當上級向下屬提出有甚麼問題的時候，如果全場沉默並非好事。一方面可能只是員工們主觀地自以為自己明白，又或者根本沒有用心聆聽。在不了解情況下又怎麼提問呢？所以主管

們的心態就是：當員工下屬沒有提問的時候就是一個有問題的職場境況。主管必定會抽問部分同事問題，以看看自己的訊息是否已經被接收清楚。

因此在上級有發問之前，在眾人沉默之際，你可以敢於提問問題，是一個最簡單的自我突圍方法。問題在於自己有沒有這份自信和勇氣。

個人思考能力的訓練，就是在於不斷地向自己提問正確的問題，自己又不斷提出恰當的答案。在這"Asking and Answering"問答的過程中，得到了選擇和計劃，再付諸實踐，最後便獲得應有的結果。我們常會聽到某些職場同事對某人的批評：「就算他真的很有學問，說話多麼理直氣壯，可是他的態度不好，所以實在不願意跟他多談。」在職場內沒有良好的談話態度，易惹人生厭，難以和諧共事。

在職場之內與人說話，要怎樣才可以算是良好的態度呢？

（1）對別人所講的說話表示有興趣

當對方開始談話的時候，應該要很注意地看着對方。如果別人說話，而你卻在東張西望，甚至只顧着個人桌面上的文件，在這種情況下，對方必會收口，心情變差，彼此間的關係也會受到破壞。所以，最好還是先放下手頭上的工作，進行注目禮，並且點頭示意，表示希望與對方繼續交談。

（2）對別人作出輕鬆富幽默的回應

真誠而輕鬆的微笑是打開別人心靈的鑰匙。每個人的心情就好像溫度計一樣，對身邊溫度有強烈的感應，因此當遇上困

難挫折時，便會變得抑鬱。所以試以不同的角度去思考同一問題時，輕鬆的心情更有助個人的創意精神。

（3）善於適應各式各樣的職場人物

善於跟別人談話的人，也會善於適應別人，有些人喜歡講人生哲理、有些人喜歡高談闊論、有些人喜歡深思……無論對方是一個怎樣的人，自己都可以調節遷就一下別人的興趣與習慣。

（4）對別人表示友好、親善、謙虛有禮

無論對方所講的說話自己是否喜歡聽，無論你同意或不同意對方的意見，你仍要向對方表示友好，因為學會尊重職場同事才可以避免把關係弄僵。謙虛有禮決不是一種虛偽的客套，相反是一種真誠及尊重同事的表現。

在職場內可以給同事多一點鼓舞和激勵，給對方暢所欲言的機會，又或者在敏感的時候，曉得轉換話題，避免尷尬……都可以是職場交談的基本功，加以運用有助建立良好職場關係！

12.3　如何處理職場意見

在職場內，切勿自以為是、固執衝動，因這種剛愎自用的性格，必會令你處處碰釘，甚至被同事們孤立。

與職場同事合作交往，有很多人都希望別人接受自己的

意見，因為大部分人都會認為自己的想法是對的！有了這種想法，就會令自己失去了改進的機會，並且在通往成功的路途上設下了障礙。

試想想在工作會議桌上有一盆植物，大家圍坐在會議桌旁，相信每一個人所看到的植物都不一樣，理由是大家所看到的角度都不相同。「職場意見」也有着同樣的道理，對事物看法不一樣是合理的，理由在於不同人有不同的背景、文化修養、客觀環境、價值觀念、工作目標等各種因素，而我們就是靠這些因素來決定我們的意見，固執己見，就只會令自己無法成長進步。

當你認為自己的意見是十全十美的時候，便失去聽取別人意見的意向，實際上，世界上沒有十全十美的事情或意見，而你自以為是，只會令自己築起了一道自我防衛的圍牆，結果沒法子快樂地與人共事，漸漸被同事孤立。

固執己見是一種消極的表現，反而心胸廣闊才是應有的處事態度，如何處理職場意見及聽取別人的看法，取決於自己所作的選擇。

事實上，我們每一天的想法都會改變，理由是每一天都不一樣，而且情況每分鐘也在改變，只要你學會尊重別人，大家都可以有發言權，有發表與你意見不相同的機會，那麼就可以讓你更仔細分析和考慮。有時候自己也會有疏忽，亦有不周詳之處，能夠集思廣益，並且勇於改變，才是大將之才。

勇於接受同事們的不同意見，敢於檢視自己的不足之處，加上用心聆聽和分析，才可以真正採納不同的意見，成就大業。

12.4　如何給予和接受意見

　　高效的職場溝通在於有回應的互動方式，因此，訊息通過表達之後，就需要給接聽者回應的機會。通過雙向及多向的溝通方式，才可以確定訊息是否已被清楚理解。

　　完整有效的溝通，不是只有「表達」和「回應」便足夠，還要考慮大家的態度是否認真。接聽的一方，如果只是馬虎回應，或者不作正面答覆，甚至口是心非及隨便支吾以對，都會失去溝通的意義。

　　認真給予意見和接受意見是十分重要的，意見可分為正面和建設性。當對方做得好而加以表揚，這是正面的意見；當對方有不足之處，就得提出建設性的改進意見。給予意見的時候，應站在對方的立場和角度，針對對方最為需要的地方，而給予意見。例如：在半年業績的評核中，下屬當然希望知道上司對自己工作的評價，如果作為上級在評核業績後不作出任何意見，或只是輕描淡寫地述說一下，只會打擊下屬的投入感和積極性。

　　在給予意見時一定要具體及明確，有真實的數據和事例，同時也要有建設性，上級一般最容易武斷地給下屬意見，甚至帶着批評或輕視的語氣說話。所以，積極的意見也就是要以事論事，同時不傷害對方的人格和尊嚴。

　　接受對方的意見也是一個重要的溝通環節，一定要以真誠的態度聆聽對方的意見，不論對方所提出的意見是否正確，也得以接受及不打斷對方說話為原則，切勿以「不要說，我知道

了！」來打斷對方的說話，能夠耐心聆聽，不打斷對方，才有機會全面了解對方的意見。另外，避免以一種自我防衛的心態來接受別人的意見，否則別人說一句，你的內心卻不服九句，若是一言九「頂」的話，便不能靜心接納中肯的意見。

聽了別人的意見後，自己要有一個明確的態度，例如表示理解、同意、支持、贊成、不同意、保留意見等，若不能夠明確表達自己對於有關意見的反應和意向，只會令對方誤解你是內心抗拒或聽不明白，這樣大家更易產生誤會。所以，遇有自己不對的地方，更應勇於接納及承認錯失，這才是職場員工應有的態度。

12.5 如何應對如流

要在職場有所晉升，除了個人工作能力有表現外，還要保持與上司和同事的良好關係，而維繫關係必須要懂得溝通，尤其在與上司對答的時候，要脫穎而出，就必須應對如流。

面對上司少不免有些緊張，你可能會不知說甚麼好！如果你發現自己的腦轉數似乎完全停頓，又或者無法組織好說話內容時，不妨考慮以下技巧：

（1）重述對方問題重點

當未能即時回應，也無須只回報一段不合理的沉默，你可以根據對方問題重點略為重複述說一下，一則讓自己有時間思考內容，另一方面也可以確認問題，以免答非所問。

（2）肯定問題的重要性

你可以爽快地多謝對方所提出的問題，最好能夠肯定問題的重要性，所以為了慎重其事，需要一些時間組織回答內容，這時候你大可提出：「請給我一分鐘去組織一下！」相信你的上司會欣賞你的認真態度。

（3）羅列重點逐一回答

可以帶備紙和筆，當上司提問時，想到回答重點便寫下來，又或者有許多與你工作有關的細節，例如名稱、地點、日期、負責同事等，亦可以預先寫在筆記上，以便如實地照讀出來。

就算說話不流暢，也不是甚麼大不了的缺點，最重要的還是內容，你的誠意最能打動上司的心，雖然不善辭令，但你知道甚麼說甚麼，你的上司也許就是喜歡你這種務實的作風。

12.6 如何理解批評

在職場內，每日均出現許多意見不一的情況，你會否因為被人不公平地批評，而感到非常氣憤，又不知道如何反駁呢？

任何一位員工都會嘗過因批評而帶來的不愉快，所以應付批評絕對是一項不可缺少的職場生存本領。

批評是無可避免的職場環節，而每一個人對批評亦抱有不同的看法，如果你認為所有的批評都是負面的，那麼只能代表

你未能正確理解批評，亦會錯失從批評中學習的機會，令自己在職場生涯中停滯不前。

從另一個角度來看，如果你能夠接受批評，把別人的看法作為參考內容，甚至是一個學習的機會，別人對你的批評將會成為提升能力及改進的方向。這種「意見」會較易被自己接受，減輕了壓力，從而可以冷靜思考，是接受抑或拒絕，自己仍可以有自主權。

你愈是抗拒批評，批評對你所產生的壓力和問題就愈大，如果接受它，並善用它，你會發現，別人給你的批評愈多，你的得益愈大。

人當然喜歡別人的讚賞，不過，從「說話目的」的角度來看，讚賞和批評都具有相同的效果，就是希望個人能從中認真地認識自己，這個「自我覺醒」的過程，可以令自己反省個人的處事態度，如果再配合行動，就更能令自己在職場崗位上發揮得更好。

事實上，別人對你的批評，其本身並沒有正面或負面，最重要的是我們如何去面對和認定，從而令我們可以重新理解批評的意義和如何回應別人的批評。

若有職場同事向你提出批評的時候，謹記保持平靜的情緒，細心聆聽，然後簡單地回應一句：「多謝你的意見！」

12.7 如何提出批評

要在職場內提出批評，如果處理不當，會令工作氣氛大受

影響，一句無理取鬧的批評更會大大打擊員工的士氣，破壞團隊的合作精神。

職場批評是無可避免的，善於運用批評，在工作間有積極的作用：

（1）正確的批評可以令對方清楚知道公司的期望和標準，減少猜疑和誤會。

（2）正確的批評可以增進同事間的了解，建立信任。

（3）正確的批評可以增進員工的工作效率。

（4）正確的批評有助企業建立開明、公正的組織文化。

（5）正確的批評有助員工提升個人的修養、減低工作的壓力。

提出批評的三大基準：

基準一：清楚的目的

在提出批評的時候，必須讓對方知道上司對他的期望是甚麼，如果對方不清楚批評的目的，批評便變得沒有意義，所以在提出批評的時候，應該是實際具體、可衡量和雙方同意的。

基準二：恰當的時機

批評也可以有正面和負面的表達，一般來說，如果在事件剛發生時，能夠第一時間盡快把握時機提出批評是最好的。

能夠為對方設想，考慮恰當的時機提出批評也是應該的，尤其在對方已經承受很大的壓力時，不過，千萬別採取拖延政策，時間拖得太久，批評效果會大打折扣。

基準三：具體的內容

可考慮以下的演繹方式：

（1）直接講出問題在甚麼地方。

（2）講出你對對方表現或事件的感受。

（3）實際地要求對方作出甚麼改善。

（4）肯定對方的價值，相信他有能力改變。

提出批評時，最好能夠同時建議一些改善措施，而每次只針對一個問題是最有效的！

12.8　如何回應批評

應付批評的四個步驟包括：表示關注、分析內容、評審意義、行動配合，目的在於令你冷靜及自信地處理自己的情緒，避免衝動，能夠反客為主地掌握從批評中學習的技巧。

在回應別人批評的時候，我們必先認清楚人人都難免有錯，也有不同的意見，懂得回應批評的技巧，也就是一種學習成長的方式，並且達致雙贏的效果。面對任何批評，即使是無理由及欠理據的批評，都千萬不要將批評當作是人身攻擊，只要對自己有信心和立場，別人的衝動及欠理智，那是他的問題，「批評」只不過是意見的表達，別讓自己因此而自暴自棄，消極工作。

（1）化解法

遇上不公平的批評，可以「化解法」回應。「化解法」可以令你冷靜地分析批評的合理內容，無必要即時為批評表態，應付了當時的情況，才有時間再考慮採取其他行動。運用「化解法」的目的是制止批評，例如：

批評：「每次說你有錯，你都反駁……」

回應：「你講得有道理，我替自己辯護，是因為我做錯了事也不開心！」

當然你亦可以用「一笑置之」、「充耳不聞」、「轉身離開」來應付不公平的批評。

（2）認同法

「認同法」令你不亢不卑地接受有根據的批評，既然承認了錯失，便可以繼續努力向前，不受情緒低潮的影響。例如：

「你說得對，我沒有準時提交報告，六月份的報告會如期完成！」

（3）反問法

遇上含糊不清的批評，可以「反問法」回應。「反問法」可令批評者先澄清內容，並把批評分割成不同部分，以便處理，利用發問把事件發展方向轉向未來，找出解決方法，例如：

「如果你是我，你會怎樣處理呢？」

在作出回應的時候，請以平穩的聲音，大方得體地運用有關措詞，才可以產生交流互惠的成效。

12.9　如何應付批評

批評令人感到難以應付，是因為某些評語多少有點根據，既然自己有理虧的地方，尤其有關職場崗位上的表現，自然令

人產生一種尷尬及壓力的感覺。無論批評是否合理或恰當，我們都應該裝備自己，懂得如何回應對方的批評。

在職場內愈是活躍、勇於嘗試、投入工作，出錯的機會就愈大，於是受到同事、上司的批評相對地增多。若犯錯又逃避批評，就只會令自己無法有超卓的表現；只有懂得如何應付批評，才可以令自己真正職場增值。

一般的批評可分類為「善意、惡意」、「公平、不公平」、「有根據、無根據」、「清楚、含糊」等等，一旦有人向你提出批評，你可以依循以下四個步驟去應付：

（1）表示關注

在別人提出批評的時候，在未弄清楚內容是否有道理抑或是無稽之談前，都應該表現出關注，並且保持冷靜，耐心聆聽，亦只有這樣才可以全方位地了解對方的意思，避免衝動回應。

（2）分析內容

冷靜分析有關的評語有否事實的根據，有時候批評原來只是誤會一場，又或者批評者想表達不同的意見，更有一些是含糊其辭的批評，更加要先了解清楚，才可以作出回應。

（3）評審意義

對於無理取鬧、不着邊際的批評，當然可以置之不理；不過，當你相信批評是有意義及根據的時候，便應該肯定它的價值，並且從中學習。

（4）行動配合

在接受批評的時候需保持冷靜和自信，你也許會為自己辯護，或者保持沉默。辯護或反駁的缺點是沒法建立一個和諧的溝通氣氛，沉默不作聲也不是一種積極表現，應該採取合適的回應行動。

12.10 與上級溝通——工作匯報的重要

在職場中，能夠向上級準確地匯報工作進度至為重要，因為匯報工作是你和上級溝通的渠道，所以應該盡力做到最好，讓你得到上級的信任和賞識。

不管你有多麼能幹，在接受上級委派的工作後，假如上級完全不知道中間的過程，就算你如何日以繼夜地埋頭苦幹、努力拼搏，完成上級指派的任務，也未必可以取得滿分。因為在整個工作的過程中，你沒有定時向上級匯報進度，缺乏與上級溝通，這一點便是致命傷。

（1）用心聆聽上級的指示

上級委派任務給你的時候，應該認真聆聽，並且真正了解上級的意圖和工作重點。如果你收錯了工作指引，誤解了上級的意圖或要求，就只會浪費氣力。因此，你應該認真地接收上級指引，有助往後制定自己的匯報內容，你可以嘗試運用傳統的「5W2H」方式，快速而準確地記錄工作要點。

這就是先要弄清工作中的時限或時間（When）、 地點

（Where）、有關的人物（Who）、為了甚麼目的（Why）、需要做甚麼工作（What）、怎樣去做（How）及工作的投放量（How Much）。

接收了上級的工作指引後，馬上整理有關的記錄，然後簡明扼要地向上級複述一次，主要檢測內容會否有錯漏，或者有否令大家誤會的地方，只要獲得上級的確認，才可以馬上進行下一個環節。

（2）扼要表明個人的見解

如果上級所委派的只是一項簡單任務，你可以簡單地表明個人的態度，那就是請上級放心，你可以依時完成任務；如果那是一件較為困難及複雜的工作，你便應該有條理地向上級闡述開展工作的方法及預算的計劃內容，並且徵求上級的指導或建議。

開展工作的時候，也需要匯報上級，提出工作所需的人手及資源調配、費用開支的情況等，以便獲得上級的答覆和尋求解決方案。

（3）制定具體的工作計劃

當你接受了一些重要的工作任務，也就是考驗工作能力的時候，這個時候應該先根據初次與上級溝通所得的資料，認真制定一個詳細具體、切實可行的工作計劃。

向上級匯報工作的進度，主要是根據原先的工作計劃而定，同時這個計劃已獲得上級的接納和贊同。有了這個計劃，當你進一步向上級匯報，或提出有關的困難時，便可獲得上級

提供意見或確認你的做法，方便上級監督和指導。

　　工作計劃一般包括：企業機構內不同部門所擔當的團隊角色；開始及完成的時限要求；行動方案、措施和對策、資源安排、費用開支及部門之間的協調過程中可能會出現的障礙，甚至一些緊急應變的方法……工作計劃的內容愈具體，愈能明瞭個人在執行工作時的進度，從而真正反映工作情況，方便組織向上級匯報。

（4）注意過程的工作匯報

　　在工作進行的過程中，你要根據上級的要求，選擇在甚麼時間和怎樣匯報。匯報之前，先要考慮上級的領導風格是屬於哪一個類型，因為不同的管理風格，自然有不同的看法和要求。例如：注重結果、只看成效的上級，一般在工作過程中不太留心聽取過程的部分。因為他只要結果，不問過程，所以在匯報工作進度的時候，不妨先表述結果成效；管理風格比較細膩的上級，就會希望下屬定時匯報，甚至多請示，否則他會認為你不把工作及上級放在眼內。

　　只要定時匯報，讓上級了解你的工作進度、困難和你辛勤工作的狀況，萬一遇到特殊的情況而影響了工作的進度和質量，上級也不會感到意外，反而會理解你的處境，共同找出解難方案，設法完成工作指標。

（5）工作結束，須及時匯報

　　幾經辛苦，終於可以在期限前完成工作，本來是一件值得慶祝的事情，不過在歡欣高興的背後，你仍需要就完成的工作

向上級作一份完整的匯報報告，這也是項目結束前最重要的一環，切勿掉以輕心，以為工作圓滿結束，其實上級對工作匯報是非常重視的。

工作完成後，需要及時向上級匯報，而重大的工作事項就更加需要一個完整的總結。在準備工作匯報的時候，應該言之有物、數據準確及資料詳實。因此，在工作的過程中，已經要預先搜集有關資料，例如設計的圖樣、前期相關的文件或照片，甚至報章報道和相關的訊息。另外，總結的內容應該包括：工作狀況與當初工作計劃的對比、超出預期效果的比例、在過程中曾出現的困難及解難措施、工作中所得到的寶貴經驗、目前仍然存在的問題，甚至是一些改進的建議。你需要做的是重新排列，找出某些重點來豐富匯報的內容，當然不要忘記那些曾經為項目付出的同事，也要藉此機會表揚一番。

(6) 匯報工作，着重簡明扼要

向上級匯報，必須表現自信，但切忌帶着邀功的心態，只集中描述工作的難處，自己如何一力承擔等，事實上，上級最不能接納一個誇大渲染、冗長表功的匯報，精明的上級也不會根據工作辛苦與否來評價你的。

因此，匯報的時候應該要簡明扼要，不必長篇大論，可以舉出個案例子來支持自己的觀點，提出數據來支持自己的理據，甚至在工作過程中掌握了甚麼改進的技巧。匯報時，每一句話都有主題內容、層次分明及邏輯有理，切忌東拉西扯、漫無邊際的演述。說話時流暢自然，氣定神閒，自然取得最佳的匯報效果。

附錄

自學口才實用練習

引言

　　這個世界裏是沒有不勞而獲的，尤其在說話的技巧方面，實在是一分耕耘，一分收穫，絕對沒有甚麼速成的方法，你必須要有決心，肯花時間和有恆心地去改善自己的說話技巧，再經過連續的訓練，口才方會有進步！

（一）個人練習

（1）讀稿練習

　　目的：令自己更能掌握發音和咬字的技巧，兩篇讀稿均是針對咬字不清——「懶音」——而設計，最好能將讀稿錄下，細心檢討聆聽。

讀稿一

　　我叫韓德能，同西北村嘅鄧牛好深交，時時去北便岸邊嘅安樂園玩，有一次，我著橙色運動衫，佢著墨綠色外套，玩得好開心，突然見到八隻牛，有黑有白好生猛，見到我件橙色衫，以為係紅色，發狂衝過嚟，好彩，鄧牛發覺，拉我伏喺石欄下便，彎低身，石欄夠硬，黑白牛撞唔倒我，先至避過危

險，否則抱恨終身，鄧牛可算患難朋友。

讀稿二

　　在呢條黃巷嘅巷口度，有一隻狗，佢個名叫做「黃汗寒狼」，大家或者會覺得好奇怪，點解呢隻狗會有一個咁得意嘅名呢？講起上嚟，其實喺有段古嘅。

　　話說在西方有一個叫做黃汗寒狼牛牙雅夏蝦嘅國家，呢個國家嘅人都好鍾意養狗嘅，但係佢地飼養狗所用嘅食料同我哋東方人所用嘅唔同，原來佢哋係用寒光慣關所出產嘅旱巷糠嚟飼養嘅，養大嘅狗都好靚同埋好強壯，而且都以好高昂嘅價錢吸引倒外地嘅人到來選購，其中以押黑乞國、很肯國、新身生國、突特國、能單籮國、或華滑國、深竺宿學惡確國、等燈燈等國、塞室色塞國嘅人最多，而頭先我哋所講嘅個隻叫「黃汗寒狼」嘅狗，就係呢個國家所出產嘅。

（2）口語化練習

　　目的：一般讀稿或文章，會以語體文寫出來，練習是使自己更能將語體文化為口語，掌握由「讀」變成「講」的技巧。

　　練習方法：

　　可以從報章、故事書、演講稿……等等，將「的」化成「嘅」，「是」化成「係」，「這個」化成「呢個」……餘此類推。

　　不論選擇任何文章，首先注意文章本旨，配合適當的身份和語氣，「講」出來的說話才夠自然；此外，亦應該以筆，在稿上進行刪改或畫上記號，以方便閱讀時，更有信心和熟悉的感覺。

另一技巧是「眼快口慢」，講話時，速度不要太快，而視線的注意力，應該放在下一句，好讓自己心裏有數，知道下一句說甚麼，甚至遇有疑難的字句，可以轉化為第二個同義詞，而減少「食螺絲」的機會。

口語化練習稿一

窗外，是一條馬路。近來，常常傳來異常的汽車號聲，也夾雜着駕駛人相罵聲，吵得好煩！你道他們在吵甚麼？原來在爭路，而他們誰都沒錯。

那條馬路，本來就不寬闊，加上一邊正翻土修理地下水管，有一段路面，由雙程變成單程，交通由兩盞臨時設置的紅綠燈掌管指揮。問題就出在那兩盞交通燈上。大概管理人計算錯誤，總是甲方來車駛到路的一半，乙方綠燈已亮，車子也開過來了，剛巧那兒又是個彎角，駕駛人要到了半途才看見對方，車隊在單程上相遇，便進退不得。奇怪的卻是他們都以為對方不守交通燈號，脾氣好一點的，按按號，一方汽車向後退，讓對方先走，但一肚子火的人總多得很，罵聲連天，各不相讓，甚至跑下車來，指着對方，像要演全武行的樣子。

口語化練習稿二

文章的好壞，是與讀書的多少有關係的。書讀得多的人，寫起文章時便得心應手，運用自如，詞彙源源而來，妙語不斷湧出；但也有讀一輩子的書而不會寫文章的，那就因為他讀的是死書，沒有把它消化，沒有把人家的精華吸收到腦子裏。

寫文章的初步，最好先從日記着手，其次是寫小品文，等到你的文字寫得很流暢很美了，然後你就所喜歡的體裁再去寫小說、詩歌或者戲劇。有人說：「最容易寫、最好寫的是詩，文字通順與否沒有關係。」這對於詩，簡直是一個莫大的諷刺。世上絕對沒有文字寫不通而能成為詩人的。詩是文學各種形式裏面最難寫的一種，沒有高深文學修養的人，僅僅憑着一股青春的熱情，固然也能夠寫出所謂詩來，不過這些詩，只能博得詩人和他的好朋友、愛人的讚美，對於廣大的讀者，是無關痛癢的；但是如果詩人經過千錘百鍊寫出來的有節奏、有生命、有優美的形式、有豐富的內容的詩，自然能感動萬萬千千的讀者，而能垂之久遠，例如哥德的《浮士德》、但丁的《神曲》等，便是很好的例子。

口語化練習稿三

當我穿上這件粉紅色的制服時，我的身份就改變了，我再也不是一個二十歲、甚麼都不懂的小女孩，而是病人依賴的對象。儘管那阿伯的年紀比我父親還要大，我卻要把他當作小孩子一般的哄着；儘管那吸毒的不良少年是我平時害怕去接觸的，但當他無助地、睡在病牀時，那自然的關切，超越了一切的隔膜，毫無保留地流露出來，因為在這兒，我們之間只有一種關係──病人與護士。看見病人從垂死的邊緣被救回，帶着微笑離開病房，臨走的一句：「姑娘，謝謝你！」那份滿足感，就不是任何東西可以代替的，病人們衷心的一句讚美，是那樣的令我感動，失落的自尊，又重新建立起來。

口語化練習稿四

事實上，究竟文言文有沒有它的優點呢？假如我們挪開讀文言文的苦處不談，抱着誠摯和深究的態度來看的話，必然會發覺到它就是中國歷代豐富的文化財產，當我們再仔細的察看，更會發現許多文言文中都滲進了高深的哲理學說和前人的寶貴經驗，而這些充實的內容透過作者藝術的眼光修飾潤綴後，便成為一些光耀文壇的不朽佳作了，這些作品不獨對我們的品格的修養很有幫助，同時也能提高後世作家的寫作技巧。因此，文言文確實具有道德與文學的雙重意義，它是不容忽視的。

文言文好比一個大水庫，當我們想喝水的時候，必須從中抽出水來，然後再加以炮製調煉，才能享受清香可口的茗茶。所以，如果我們想品嘗美味，必須得花費一番心力才成。

（3）讀音練習

目的：口才與語言有直接關係，假若你口才出眾，口齒伶俐，不過，你在每次的談話中，都經常出現讀錯字音，尤其是一些專有名詞、地名、姓氏、成語……等等，讀錯字音會影響講者的形象，甚至變成笑柄。

訓練方法：

可以多留意平日自己所讀的字音，是否與別人的有別，例如「頒獎」，究竟是讀作「攀獎」還是「班獎」，你可以翻查粵音字典，你便可以知道正確答案，而不必人云亦云。

以下亦為一些常見，但又易讀錯的詞語，大家不妨注意下

列各詞之粵音讀法。

請注意下列各詞之粵音讀法：

教「唆」	教梳
「遏」止	壓止
公「帑」	公倘（湯上聲）
追「溯」	追素
「贋」品	雁品
「膺」選	英選
「麾」下	輝下
「毆」打	嘔打
「遞解」	弟介
「罹」難	離（去聲）難
城「砦」	城寨
「鎩」羽	殺羽
「懸」殊	原殊
休「憩」	休戲
「省」覽	醒覽
寬「敞」	寬廠
「拚」命（拚死無大害）	潘（上聲）命
「拼」盆	娉盆
「栓」塞	山塞
渣「滓」	渣子
「雋」永	船（上聲）永

「仔」細	子細
「調」停	條停
「調」查	掉查
「緩」刑	換刑
「肄」業	二業
「餽」贈	跪贈
「倉卒」	廠撮
觸「礁」	觸焦
「彗」星	遂星
給「予」	給雨
拯「溺」	請「吳力切」
意「思」	意試
「憧憬」	充景
上「乘」	上盛
點「綴」	點醉
「磅」礴	旁薄
「傍」晚	磅晚
「暴」露	僕露
「頒」獎	班獎
星「宿」	星秀
「併」吞	並吞
「絢」爛	勸爛
「闡」明	展明
忠「告」	忠谷

「傳」奇	全奇
「傳」記	「住願切」記
稱「職」	稱（去聲）職
越「柙」	越合
參「差」	參痴
「擴」大	廓大
游「弋」	游亦
「勝」任	升任
對「質」	對「知壹切」
「藉」口	借口
「蒞」臨	利臨
「嚮」往	向往
「桅」杆	圍干
「卸」下	瀉下
「傀儡」	快呂
「痙攣」	競聯
「渲」染	算染
「糾」纏	久纏
「擬」定	以定
「掀」起	牽起
「裨」益	悲益
「造」化	做化
勒「索」	勒「思革切」
撲「索」迷離	撲「朔」迷離

探「索」	探「思革切」
山珍海「錯」	山珍海「初惡切」
千里「迢迢」	千里條條
「膾炙」人口	繪隻人口
「中」規「中」矩	眾規眾矩
「井井」有條	整整有條
「予」取「予」攜	雨取雨攜
如火如「荼」	如火如逃
良「莠」不齊	良有不齊
波「譎」雲「詭」	波決雲鬼
兩國交「惡」	兩國交污（去聲）
排「行」第三	排杭第三
「炙」手可熱	隻手可熱
「栩栩」如生	許許如生
「濟濟」一堂	仔仔一堂
重「蹈」覆轍	重道覆轍
滿「載」而歸	滿再而歸
身無「長」物	身無丈物
「荷」槍實彈	賀槍實彈
「差強」人意	痴強（上聲）人意
對「簿」公堂	對部公堂
「褫」奪公權	始奪公權
「驍」勇善戰	梟勇善戰
有條不「紊」	有條不問

秩序「井」然	秩序整然
轉「捩」點	轉列點
入場「券」	入場勸
「比」翼鳥	臂翼鳥
「併」發症	並發症
「喪」家狗	桑（去聲）家狗
連「累」	連淚
「累」積	呂積
搶「掠」	搶略
「悱惻」	匪測
「滲」入	沁（心去聲）入
「玳瑁」	代妹
自「戕」	自祥
一「切」	一（妻去聲）
「黌」宮	洪宮
「瞻」養	善仰
「軼」事	逸事
「妯娌」	族里
「三」思	衫（去聲）思
「楔」子	薛子
弔「唁」	吊現
「訃」文	付文
「厝」房	燥房
「茱萸」	朱如

「操」行	燥行
「訛」傳	俄傳
「耄耋」	其務
「緘」默	監（平聲）默
「臀」部	團部
「唾」罵	拖（去聲）罵
「要挾」	腰協
「挾持」	協池
開「拓」	開托
「拓」碑	塔碑
「應」允	英（去聲）允
「翹」楚	橋楚
「齟齬」	咀語
清「晰」	清色
「衣」錦榮歸	意錦榮歸
「累」及無辜	淚及無辜
一「顆」珍珠	一火珍珠
煮豆撚「萁」	煮豆燃其
「扳」成平手	攀成平手
捉襟見「肘」	捉襟見爪
居心「叵」測	居心頗測
動「輒」得「咎」	動接得救
「比」鄰	臂鄰
「競」爭	勁爭

骨「骼」	骨格
閃「爍」	閃削
瓦「礫」	瓦瀝
馳「騁」	馳逞
「蹂躪」	由論
破「綻」	破賺
「狩」獵	瘦獵
「訛」詐	娥詐
提「倡」	提唱
「崛」起	掘起
「犒」賞	浩賞
「豢」養	患養
「疼」痛	騰痛
負「荷」	負賀
鬼「祟」	鬼遂
「鴛」鴦	冤鴦
「忐忑」	坦剔
「斡」旋	挖旋
「蛻」變	退變
笑「靨」	笑頁
「降」臨	鋼臨
「降」伏	杭伏
同「儕」	同柴
貪「婪」	貪籃

「諷」刺	風（去聲）刺
「覷覬」	記余
「桎梏」	質谷
作「祟」	作遂
推「祟」	推「送紅切」
「黝」黑	休（上聲）黑
鳥「瞰」	鳥㘘
「擢」升	鑿升
「刎」頸之交	吻頸之交
虛與「委蛇」	虛與威兒
「否」極泰來	鄙極泰來
「稱」心滿意	青（去聲）心滿意
草「菅」人命	草奸人命
接「踵」而至	接董（又讀「總」）而至
發人深「省」	發人深醒
海市「蜃」樓	海市腎樓
不得「要」領	不得腰領
「枕」戈待旦	浸戈待旦
流水「淙淙」	流水松松
陰「霾」密佈	陰埋密佈
一年半「載」	一年半宰
「咆哮」	刨敲
冰「雹」	冰薄
宮「闕」	宮決

一「闋」新歌	一決新歌
復「甦」	復蘇
馬「廄」	馬救
輪「廓」	輪國
「徜徉」	常羊
阻「撓」	阻鬧（低平聲）
「諺」語	現語
「矍鑠」	霍削
薪「俸」	薪風（上聲）
「倘」若	湯（上聲）若
「徉」死	羊死
戲「謔」	戲若
「沮喪」	咀桑（去聲）
「沸」騰	肺騰
「玷」辱	店辱
繁「衍」	繁演
「胴」體	洞體
「佇」候	柱候
山「嶽」	山岳
「咽」喉	煙喉
「曇」花	談花
「哽咽」	耿噎
鼎「沸」	鼎廢
紛至「沓」來	紛至踏來

不屈不「撓」　　　　　　　不屈不 NOW（上聲）

天涯若「比」鄰　　　　　　天涯若備鄰

朋「比」為奸　　　　　　　朋備為奸

「冥」頑不靈　　　　　　　明頑不靈

越「俎」代「庖」　　　　　越左代刨

前「倨」後恭　　　　　　　前據後恭

「杳」無音訊　　　　　　　秒無音訊

驚鴻一「瞥」　　　　　　　驚鴻一撇

窺「伺」　　　　　　　　　窺字

「棘」手　　　　　　　　　激手

向「隅」　　　　　　　　　向如

永垂不「朽」　　　　　　　永垂不扭

酬「酢」　　　　　　　　　酬昨

「褪」色　　　　　　　　　吞（去聲）色

地名

「埃」及　　　　　　　　　哀及

「朝鮮」　　　　　　　　　招仙

希「臘」　　　　　　　　　希蠟

柬「埔」寨　　　　　　　　柬布寨

夏「愨」道　　　　　　　　夏確道

「峇」里島　　　　　　　　巴里島

「渥」太華　　　　　　　　握太華

地名、人名

四「行」倉庫	四杭倉庫
大「嶼」山	大餘山
「華」山	話山
「滄浪」亭	蒼郎亭
「龜茲」	溝慈
色「嗇」園	色式園
杜「甫」	杜苦
白居「易」	白居異
曹「操」	曹燥
溫庭「筠」	溫庭雲

（資料來源：香港電台文化教育組及商業電台）

（4）急口令練習

目的：可以令自己嘴部肌肉得到運動，同時練習在較快速的情況下說話，仍然可以保持清楚。

練習方法：

雖然說是急口令，但早期練習切勿快速地去朗讀，應該先將字音讀清楚，配合呼吸運作，漸漸便可以口齒伶俐地將急口令唸出。

急口令一

入實驗室揼緊緊急掣。

急口令二

村前有個崔粗腿，村後有個崔腿粗。

你估崔腿粗對腿粗，定係崔腿粗對腿粗。

急口令三

圓圓遠遠叫圓月，叫來圓月來賞月，

圓圓說：月月圓，圓月說：圓圓月，

圓圓說：圓月的眼圓比月圓，

圓月說：圓圓的圓眼賽圓月。

究竟是圓圓、圓月的眼兒圓，

還是圓圓的月兒圓。

（5）呼吸訓練

目的：幫助進行腹式呼吸練習，使發聲時聲音更雄渾。

練習方法：

先背貼牆壁站立（腳跟貼於牆腳），臀部及背部皆貼在牆上，挺直身體，然後隨意吸氣，朗聲數出：「一粒葡萄、兩粒葡萄、三粒葡萄⋯⋯」

直至完全耗盡空氣時，你便會發覺，腹部同時也會略為高脹，而這也就是腹式呼吸時，空氣進入腹部的通道。

（6）語氣訓練

目的：幫助個人更能掌握情緒轉變，並學習「投入」說話的技巧，說話要動聽，語氣轉變的練習是必須的。

練習一

聲調語氣可以利用不同的「等級」表達一種感情，例如把「喜愛」、「激昂」、「忿恨」、「同情」的情緒按淺深分成十等級，以一至十的數目字說出這種感情，數目愈大，情緒的激盪愈大。

練習二

先定「對象」──要對「誰人？」說話、後擬目的──「為甚麼？」你要對他說，然後把：

　　（1）聲音、聲調、呼吸、停頓、節奏、韻律、高低抑揚等聲音的操作元素

加上（2）感情、思考與想像

以及（3）新意、意境與意念形象

「聲、情、意」，一起配合運作，然後試講出下列句子：

例子（一）

「你把這些錢給我！」

　　•「請求」式

　　•「威脅」式

　　•「懷疑」式

例子（二）

「你對我真好！我非常感激你！」

　　•「生氣」式

　　•「諷刺」式

　　•「感動」式

（資料來源：任伯江博士《口語傳意六講》）

（7）創作力訓練

目的：考驗你對文字的運用是否充滿創作力，你可以在一分鐘，寫出十句第一個是「心」字的成語嗎？（同音字者不計算在內）

心＿＿＿＿＿＿　　心＿＿＿＿＿＿
心＿＿＿＿＿＿　　心＿＿＿＿＿＿
心＿＿＿＿＿＿　　心＿＿＿＿＿＿
心＿＿＿＿＿＿　　心＿＿＿＿＿＿
心＿＿＿＿＿＿　　心＿＿＿＿＿＿

練習方法：

除以上用規定第一個字作開始的成語練習，亦可考慮以串連成語刺激自己的思考。此外，以下的練習亦可考驗你對一些普通的事物有不普通的想法。

例如：一枝鉛筆，除了可以寫字外，還可以刨尖、拗斷、開信、鑽孔，又或作為禮物、木棒……等等。現在限時兩分鐘，想想一隻空的汽水罐，除了可以丟進垃圾桶外，還可以有甚麼用處呢？

日常很多物件，皆可依此原則而作多方面大膽的創作思考，對說話技巧有一定程度幫助。

（8）發掘話題訓練

目的：加強平日對事物的觀察力，並留心聆聽別人的談話內容。

練習方法：

不妨每日有閱讀報刊和網上瀏覽的習慣，最好能有一本「記事簿」，將某些內容，例如新聞、散文、常識……等等有興趣的篇幅記錄下來，並且以此作為談話的資料。

又可以留意四周的朋友，在一周內他們所傾談的話題是甚麼，也不妨記錄下來，然後再與自己的「記事簿」比較一下，你便會發覺，最近大家都在談論某些「熱門話題」。

個人的訓練方法還有很多很多，可以靠自己靈活的思考，將平日的東西，例如傾電話、到街市討價還價、見校長……等等，都成為訓練的方法，最重要的還是保持興趣，由於是個人的練習，不妨多做筆記，記下自己的進度，也不妨多用錄音，對自己的練習作檢討和修正。

當然若有三五知己，對說話藝術同樣有興趣和希望改進，大家每星期抽出一個下午，走在一起互相研究切磋，那就最好不過了。

（二）小組練習

（1）打開話匣子

目的：練習開始話題的技巧。很多時，尤其在交談時，話題不知從何說起；這個練習可以幫助小組成員開始交談，並且間接互相了解，到最後，會發覺話題已經發展到任何內容，不受拘束。

練習方法：

道具：每人一張四吋 X 六吋的白紙，膠紙一卷、筆。

過程：

每人在自己的白紙上：

左上角填上自己出生的地方。

左下角填上自己職業。

右上角填上自己喜歡的地方。

右下角填上自己五年後的期望（或一件難忘的事）。

正中填上自己的姓氏。

在其他空白的地方寫上三個形容自己的形容詞；然後，用膠紙將填上資料的白紙貼在自己的肩膀或胸襟上。

首先着令組員互相觀察對方所寫的內容，但不得交談，三分鐘後，便容許他們說話，那時候，全個空間充滿笑聲、交談聲，這個遊戲最好能有三十至四十五分鐘時間。

（2）言之有物

目的：加強小組成員對談話時的反應，並且要有一定的記憶力和專注力。

練習方法：

道具：廁紙一卷（或皮球亦可）

過程：

先定下一個主題，例如：「甚麼是領袖？」

由組員先談了一句定義，然後將廁紙隨意拋給任何一位組員，當他一接到廁紙便要立即接上另一個有關的定義或見解，其間說話內容不得重複，而其他組員在未接到廁紙時，則不准

發言。

練習會充滿刺激及氣氛緊張，有些人會逃避按這卷廁紙，但卻又避無可避，而且為了免受罰，更要緊記別人所提過的說話內容。

遊戲可以採取淘汰制度，而輸的一位可以罰他講笑話或一分鐘自由談。

而話題當然可以自行另作決定，以方便遊戲繼續進行。

（3）角色扮演

目的：令組員明白不同的身份、性格會有不同的語氣和感受，同時為演好自己的角色，會加強自己平日對人對事的觀察能力。

練習方法：

例子（一）

兩人可以分別扮演老闆和求職者，其餘的可以作為旁觀者和進行檢討記錄。

身為老闆的不妨先擬好一些問題，而不讓求職者知道，甚至可以加上某些個人性格，例如是一位孤寒又小心眼的老闆，或者是一位自由放任型的老闆，以加強對話時的吸引力。

而扮演求職者的則以自己的智慧，面對各項問題，並努力地爭取這份工作。

旁觀者稍後可以就兩人的言行舉止、談話內容作檢討和改進。

例子（二）

　　召開一個主題任擇（如：籌款應急）的緊急會議，除了主席沒有特別性格上的要求，其他成員可給與職位和角色扮演要求，看看主席如何應付。

　　主席：做自己。

　　文書：沉默寡言，甚麼都沒有意見。

　　財政：理智型，意見卻衝口而出。

　　總務：與康樂最老友，不論他提出甚麼，都盲從附和。

　　康樂：意見多多，卻廢話連篇。

　　公關：領袖型，感到主席無能，故常以主席身份自居。

　　物資管理：對會務毫不關心。

　　學術：熱心型、積極。

　　最好每個人的角色扮演內容只有自己才知道，大家可以預測，這個會議的結果會怎樣呢？

（4）二人計長

　　目的：刺激個人與小組成員的創作力，並且在合邏輯而又具說服力的情況下，將一些無關連的事物串連起來，甚至成為一個出人意表的好故事。

練習一

　　先提供四種不同的事物，例如：飛機、一條蟲、布一塊、牙膏。

　　於是每組要在指定的時間內（例如五分鐘），將上列四種東

西，不依次序，但卻要出現在稍後小組所創作出來的故事內。

需要十多張小卡紙，卡紙上寫上不同的東西，例如：山水、星座、愛情、死亡、時間、筆、廁所、女人、石頭⋯⋯等等。

先由一位組員抽出其中一張卡紙，並就所列的事物發表有關議論或意見，限時兩分鐘。

之後，其他組員可以再加意見，並提議從其他角度去表達同一事物，以擴闊個人的思維領域！

（5）應對技巧

目的：兩個人同時表達某一件事物時，除非有稿將兩者說話分得清清楚楚，否則兩人說話，就好像電台節目主持一樣，大家應互有默契，在說話的交接過程中是有一定的技巧。

練習方法：

從報章上找一段新聞，甚至一篇外電趣聞。然後兩人一組，就上述的剪報，大家你一言我一語，試將主題內容，透過對話介紹出來。從中，你會發覺，一個人自話自說比兩人合作容易得多。

而兩人合作和默契，則完全在於角色的分配，還有說話中的尾句提示，最重要是轉接的訊息對方是否清楚接收到；如果可以做到的話，說話的默契便已經掌握到了。

平日可參考電台的節目主持人，尤其有兩人或以上一起主

持的節目，試多聽及多比較，便自有心得。

（6）情急智生

目的：考驗一個人在時間緊迫的壓力下，在眾人的目光中，以及大家對你所說的話有要求的情況下，如何仍能克服緊張，回答有關的問題。

相信唯一可以令你化「情急」為「智力」的方法，就是多操練你的腦袋和多練習了。

練習方法：

可以由其中一位組員去設計各種不同的問題，甚至參考某些競選活動，將問題寫在卡紙上，由他抽出，即時發問，看看組員如何回答。

你可考慮發問下列問題，或再自行創作：

- 假如世界上忽然間沒有了「異性」，以後會變成怎樣呢？
- 女人最怕肥，男人最怕又是甚麼呢？
- 如果你一日可以有廿五小時，你會如何處理多出來的一小時呢？
- 世界上有逢賭必贏的方法嗎？
- 明天的昨天是今天，那麼昨天的明天又是哪一天呢？
- 最「乞人憎」的行為是甚麼呢？
- 假如你真的只餘一年壽命，你會怎樣打算呢？
- 人生最寶貴的東西是甚麼呢？
- 紅色代表熱情，紫色代表甚麼呢？
- 怎樣才可以成為一位最失敗的人呢？

（7）表達技巧

目的：使組員能以單向或雙向形式的溝通方法，將一些圖形以語言表達出來。

單向形式在於考驗發訊人如何以最詳盡的形容詞去表達圖形的內容，而雙向形式，則考驗受眾如何發問，如何取得所需的資料。

練習方法：

第一部分，可先在一張白紙上畫上類似圖形。

然後邀請一位組員出來，採用單向形式，大家不准發問，由他將圖形形容出來，而其他組員則依指示，在自己的紙上將圖形畫出來。

第二部分，可以是同樣的圖形，由同一位組員再講述一次，今次以雙向形式進行，組員可發問有關問題，今次所花的時間可能較多，而組員所畫出來的圖形，是否與原來的很接近呢？這就要視乎發訊人的表達技巧，還有其他組員的發問問題技巧了。

（8）即興演講

目的：令組員能突破自己，抽出一條可能自己完全不知曉的題目，但仍然可以流利自然地講三分鐘的內容。

練習方法：

可先叫組員每人出一條演講題目。

或者，主持人自己先作好十多條題目（例如：光合作用與經濟關係、宗教與人生……等等）。

　　請組員從中抽出一條題目，並且即場演説有關的內容三分鐘。

戴上口罩的傳意技巧
——溝通技巧運用實例

2003 年非典型肺炎和 2019 年新冠肺炎爆發，對大家是一大考驗，尤其在人與人的溝通方面，因為為對抗非典型肺炎和新冠肺炎，很多人是第一次這麼長時間戴上口罩，所以在與人溝通時，便頗有困難。其實，戴上口罩的傳意技巧有以下幾點值得注意：

（1）避免長時間保持沉默

長期配戴口罩，會令人傾向減少說話，自我孤立，單獨行事，減弱與人溝通的能力，所以應如常進行社交聯繫，主動與人溝通。

（2）善用眉頭眼額

配戴口罩遮蓋了三分之二的面部，說話時眼睛的運用特別重要，但須注意以下事項：

- 由於欠缺面部表情配合，有焦點及肯定的眼神有助傳達訊息。
- 在公眾場合，面向陌生人而作近距離眼神接觸，屬於不友善甚至是侵略性的表現。
- 眼球不宜胡亂轉動，或定眼停留在對方的前額、肩膊、前胸、腳尖等，這樣會令對方感到不自然。

- 揚起雙眉——對方以為你懷疑他的説話。
- 皺起眉頭——令對方以為你另有想法。
- 高低戚眉——令對方以為你不專注或輕佻。

對方可以從你的眼睛，看得出你是否保持微笑！

（3）切忌交談時觸摸口罩

此動作會令對方分散説話的專注力，令人以為你不耐煩或對話題沒有興趣。（當然也破壞了口罩的防護功效）

（4）小心聲量及語氣的控制

帶上口罩會令聲量減弱，宜配合呼吸發出足夠的聲量（但不要太大聲），親切友善的語氣和聲調都需要明顯加強，切忌含糊不清。

（5）留意呼吸動作不宜太誇張

戴上口罩後，會感到呼吸特別費力，避免以「胸肺式呼吸」發聲，以減少呼吸時肩膊上下起伏，令對方感到不安及壓迫感，最好選用「腹式呼吸」幫助發聲。

（6）呼吸時不宜發出聲響

應避免呼吸時，口罩、嘴和鼻會因接觸而發出聲響（尤其在電話交談時），這會令對方以為你呼吸困難或上氣不接下氣，妨礙傳意溝通的進行。

（7）多配合「身體語言」的運用

雖然預防非典型肺炎和新冠肺炎需要「少握手」及避免手

部接觸，但仍然可以「多點頭」表示贊同，肩膊微微前傾表示友善，以明顯的手勢動作來強化說話的內容。

（8）勇於接觸對方的眼神視線

對於害羞的人，這是最佳的鍛煉自信的機會！眼睛可以發出光彩，也反映出你的生活狀態，切忌兩眼無神，沒精打采。

（9）使用電話、電郵、短訊等，以不同方式保持人際溝通

讓自己成為主動的發訊人（communicator），這時候很多人需要你的關懷。

（10）提升好感的表達力

說話內容可以影響交談的氣氛，埋怨、批判的說話，只會帶來消極的氣氛，我們絕對可以選擇樂觀積極的交談內容，因為「健康在你手」，要活得精彩，由你主宰！